KB234804

성공적인 인생을 설계하기 위한 55가지 조언

성공을 부르는 신념의 기적

성공을 부르는 신념의 기적

성공적인 인생을 설계하기 위한 55가지 조언

성공을 부르는 신념의 기적

미야마 사토시 지음
최병련 옮김

한참 일할 나이에 갑작스럽게 쓰러지는 사건이 근래 들어 화제가 되고 있다. 돌연사의 원인에는 여러 가지가 있을 수 있다. 문란해진 식생활과 과도한 스트레스는 그 중 **빼놓**을 수 없는 요인이다. 이 두 가지 이유로 사망하는 40대 남성들이 늘고 있고, 앞으로 더욱 늘어만 갈 조짐이다. 이러다간 '인생은 60부터'라는 말이 무색해질지도 모른다.

남성들에게 피로와 스트레스가 특히 심한 까닭은 무엇일까? 도대체 이러한 원인은 어디서 오는 것일까?

비즈니스 세계의 법칙이라고도 할 수 있는 상사와 부하의 관계, 그리고 빚어지는 갈등들! 생존 경쟁의 치열한 현장에서 받게 되는 여러 가지 갈등들! 물론 이것은 피해갈 수도 외면할 수도 없는 문제들이다.

"그 친구는 자나깨나 일만 붙잡고 있다가 아깝게 가고 말았어!" 참 안타까운 소리다. 그러나 일을 많이 했다고 해서 인간이 목숨을 잃을만큼 나약한 것일까?

그런데 만약 우리가 자기 자신을 알고, 정말로 자기가 하고 싶은 일에 결사적으로 매달린다면 제 아무리 힘겨운 일일지라도 최소한 과로로 쓰러지지는 않을 것이다.

반대로 자신의 천직이 무엇인지 알 수 없고, 지금 하고 있는 일도 좋아할 수가 없는데 먹고 살기 위해 마지못해 일을 하고 있는 상태라면 일의 성공은 고사하고 스트레스가 쌓이고 축적돼 건강까지 해치는 결과를 가져오게 될 것이다.

이 책에서 이야기하고 싶은 것을 한마디로 집약한다면 '자기 내부에 존재하는 위대한 자신의 발견'이라고 할 수 있다. 정신을 맑게 하는 동안 여러분은 세상에서 오직 하나밖에 없는 존재, 무엇과도 바꿀 수 없는 자신임을 깨닫고 마음속으로부터 삶의 기쁨을 만끽할 수 있게 될 것이다. 물론 인생에서 성공하는 방법도 스스로 깨닫게 될 것이다. 뿐만 아니라 부차적인 효과로 어떤 스트레스도 이겨내는 강인한 정신력과 체력까지 저절로 갖추어지게 될 것이다.

21세기는 개인의 개성이 존중되고 개인이 갖고 있는 창조적인 능력이 환영받는 시대이다.

'대기업에 몸담고 있으면 평생 안심할 수 있다'는 발상을 아직도 버리지 못하고 있다면 낙오할 수밖에 없다. 개개인의 장점을 살려 일하고, 거기서 삶의 보람을 찾지 않으면 안 되는 시대가 바로 지금이다. 정년을 맞이할 때까지 주어진 일만 별 탈 없이 해내면 되었던 과거는 글자 그대로 과거가 되었다.

서둘러 자신을 발견해야만 할 때이다. 단 한 번뿐인 인생을 밝고 뚜렷하게 살아가는 것, 이것은 각자의 권리이다.

나는 엄청난 양의 업무에서 오는 스트레스와 불균형한 생활 습관 속에서 암을 얻고 몸과 마음이 쇠약해질 대로 쇠약해졌다가 우연히 요가와 인연을 맺어 기적적으로 살아난 사람이다. 그때의 체험에서 얻은 갖가지 생활법과 성공법을 독자들과 함께 나누고 싶어 이 책을 쓰게 되었다. 한 사람이라도 더 많은 사람들이 삶에서 성공하기를 바라는 마음으로 글을 시작한다.

본론으로 들어가기 전에 요가에 대해 간단히 정리해 보고자 한다. 흔히들 요가라고 하면 몸을 묘하게 뒤트는 포즈의 우스꽝스런 체조로 생각하거나 여성들의 미용 체조 정도로 생각하는 경우가 대부분이다.

물론 아주 틀린 생각은 아니다. 그런 것도 요가의 일부이며 처음 시작하는 사람들에게 필요한 것이기는 하다. 요가는 여러 갈래로 나뉘지만 궁극적으로는 대자연과 일체가 되어 그 무엇에도 사로잡히지 않는 자유로운 정신을 소유하는 것, 그것이 목적이다.

현재 크게 유행하고 있는 스트레스 해소법, 마인드 컨트롤, 잠재 능력 개발법 등이 모두 요가에 뿌리를 두고 있다 해도 과언이 아니다.

나는 이 책을 통하여 인생에서 성공하는 방법을 정리할 것이다. 그 방법으로 강력한 신념을 기를 수 있는 '마음의 요가'를 응용하여 곁들일 것이다. 이 방법에 의하여 우리의 신념이 얼마나 단련되어지고 빛을 발해 성공적인 인생을 살아갈 수 있는지는 독자 여러분들이 증명해 줄 것으로 믿는다.

내가 소개할 신념을 기르는 방법은 현실의 어려운 상황에 처해 있는 사람들, 특히 스트레스에 극심하게 시달려 살아갈 희망조차 잃어버린 사람들에게 분명 큰 도움이 될 것으로 확신한다.

미야마 사토시

차 례

원하는 것은 반드시 이루어진다

1. 미리 감사하면 꿈이 실현된다

우리는 자신이 하고 싶은 것, 갖고 싶은 것, 되고 싶은 것들이 많다. 때문에 여러 가지 소망을 갖고 살아간다.

사장이 되고 싶다, 내 집을 마련하고 싶다, 프랑스 요리가 먹고 싶다, 남쪽 나라 따뜻한 섬으로 가고 싶다 등등 작은 소원에서 큰 소원에 이르기까지 헤아릴 수 없을 만큼 많은 것들을 바라고 원한다. 그런 소망이 있기 때문에 사람은 살아갈 수 있는 것인지도 모른다.

그러나 거의 대부분의 사람들은 그러한 꿈들 모두를 실현시키지 못한 채 허무하게 일생을 마치고 만다. "이것도 하고 싶었는데……. 저것도 하고 싶었는데……." 미련을 남긴 채 이 세상을 떠나게 된다.

왜 인간의 꿈과 소망은 충분히 실현되지 않는 것일까? 단정적으로 말하자면, 그 이유는 '이미지의 힘'이 부족한 까닭이다. 꿈과 소

망이 실현되었을 때의 상태를 생생하게 머리 속에 그리지 못하는
까닭이다.

'이미지의 힘'을 높이고 꿈과 소망이 실현되었을 때의 상태를
생생하게 머리 속에 그릴 수 있는 가장 좋은 방법은 무엇일까?

그것은 미리 감사하는 마음을 갖는 일이다. 즉 자신의 꿈과 소
망이 실현된 상태를 생생하게 머리 속에 그려낸 다음 그것을 실
감하고, 그 기쁨을 만끽하면서 '아, 나는 얼마나 행복한가!' 하고
마음속으로 감사하는 것이다. 아직 꿈이 달성되지 못했을지라도
현실의 어려움에 사로잡히지 말고 상상의 세계에서 얻어진 혜택
에 대해 진심으로 감사하는 것이다. 온몸을 감사의 마음으로 가
득 채우는 것이다.

그 이미지가 꿈인지 현실인지 알 수 없을 만큼 고조되었을 때
꿈과 소망은 틀림없이 실현되고야 말 것이다.

예로부터 어떤 종교를 막론하고 '감사하는 마음을 가져라'라
고 가르친다. 이것은 종교를 만든 이들 역시 그러한 '성공의 법
칙'을 잘 알고 있었던 까닭이다.

사람들은 어려움에 부딪혔을 때 절이나 교회로 달려가 '병이
낫게 해 주시옵소서!' 라든가 '장사가 잘 되게 해 주시옵소서!' 라
고 빌면서 매달린다. 그러나 하나님이나 부처님은 매달리며 조르
는 심성이 조악한 사람에게는 행운을 주시지 않는다. 현실을 탓
하고 불평불만이 많은 사람의 편이 아닌, 평소 감사하는 넉넉한

마음으로 채워져 있는 사람에게만 무한한 행운을 베풀어주시는 것이다.

신앙을 갖고 기적적으로 병이 낫거나 사업이 호전됐다는 사례는 수없이 많다. 그런데 그 같은 사람들 대부분의 경우는 미리 감사하는 마음의 자세를 갖추고 있었다.

생리학적으로 볼 때에도 감사하는 마음으로 가득 차 있는 사람의 체액은 병원균이 가장 번식하기 힘든 약알칼리성을 나타낸다고 한다. 때문에 몸의 컨디션도 좋아져 저절로 웃는 낯을 띠게 된다.

또한 호흡이 깊어져 산소량도 늘고 소화흡수도 좋아진다. 즉 생명력이 넘치기 때문에 늘 활동적이며 많은 사람이 주위로 몰려들게 된다. 행운은 사람을 따라 찾아오는 것이기 때문에 당연히 좋은 기회도 더욱 많아지게 된다.

미리 감사하면 좋은 일이 계속된다는 것은 과학적으로도 설명 가능한 사실이다.

인간은 다른 동물과 두드러지게 다른 점이 있다. 바로 상상력이 있다는 사실이다. 즉, 인간은 미래를 자유롭게 그릴 수 있다는 점이다. 미래의 바람직한 결과를 현재 이 자리에서 느끼며 감사하는 마음을 갖게 될 때 그 결과는 이미 자기 것이 되는 것이다.

티베트 깊은 산 속에 있는 성자들은 마음대로 '기적'을 만들어낸다고 알려져 있지만, 이것도 실은 인간이 갖는 '이미지의 힘'을

빌린 것에 불과하다. 인간이라면 누구에게나 갖추어져 있는 '이
미지의 힘'을 빌어 먼저 감사하고, 자기가 반드시 성공할 수 있다
는 사실을 믿으라. 되고 싶은 모든 것을 실현시킬 수 있다. 이것
은 인간에게 주어진 특권이다.

2. 신념으로 성공하라

소망이 강하고 깊을수록 그 사람의 신념은 강해지며
그 사람으로부터 나오는 분위기나 말은 확신에 차 있고 힘있는 것이 되어
다른 사람들에게 강렬한 영향을 주게 된다

인생에 있어서 성공과 실패의 원인은 어디에 있는 것일까? 그 것은 첫 번째도 신념이요 두 번째도 신념이다. 자신은 자신의 꿈과 소망을 실현시키고 싶지만, 우유부단해 남의 말에 좌지우지되고 있 다면 성공은 불가능하다.

실패를 실패로 생각하지 않고 '꼭 해낼 수 있다! 반드시 해내고 야 만다!' 는 확신을 갖는 것, 이것을 가리켜 신념이라고 부른다. 동 서양을 불문하고 큰 업적을 이룩한 사람들은 모두가 하나같이 흔들 리지 않는 신념의 소유자였다.

에디슨은 실패에 실패를 거듭했지만 결코 단념하지 않았고, 드 디어 전구를 완성하고야 말았다. 그의 마음속에는 이미 완성된 전 구의 이미지가 뚜렷하게 그려져 있었다. 때문에 실패를 실패로 생 각하지 않았으며, 어디까지나 성공을 향해 다가서고 있는 과정으로

생각했던 것이다.

신념을 강화하기 위해서는 어떻게 하는 것이 좋을까? 가장 효과적인 방법은 잠재 의식을 자기 편으로 삼는 것이다. 잠재 의식을 자기 편으로 삼기 위해서는 자신의 소망을 명확하게 하고, 되풀이하여 입에 담고, 또 종이에다 쓰고 그림으로 그려서 바라보는 것이 좋다.

되풀이하고 또 되풀이하여 잠재 의식에 새겨 넣은 꿈은 그 꿈의 실현에 필요한 사람·물건·돈을 끌어당겨 주게 된다. 잠재 의식에 새겨진 소망이 강하고 깊을수록 그 사람의 신념은 강해지며, 그 사람으로부터 나오는 분위기나 말은 확신에 차 다른 사람들에게 강렬한 영향을 주게 된다.

신념이 없는 인생은 풍랑을 만나 조각배와 다름없다. 어떠한 결정도 쉽게 내리지 못하며, 늘 남에게 기대려고만 한다. 그리고 작은 실패에도 낙담하며 남을 원망하기 일쑤다. 하지만 인생이 그렇게 다 흘러가버린다면 너무나 억울하지 않겠는가.

신념을 강화하는 데는 명상 이외의 별다른 방법이 없다. 명상이라고 하면 괜시리 심오한 사람이나 하는 어려운 것이라고 생각하기 쉽지만, 바쁜 현대인에게 딱 맞는 쉽고도 효과적인 명상도 있다. 순간 명상법으로 알려져 있는 '자기 암시법'이 그것이다.

미국의 클라우드 프리스톨이라는 사람은 「신념의 마술」이라는 책으로 일약 베스트셀러 작가가 되었다. 그는 이 책에서 '거울 테크닉'과 '마술 카드'라는 신념 강화법을 소개하고 있다.

　이 두 가지 방법은 너무도 간단해 보는 순간 '뭐야, 겨우 이거야?'라고 생각할 수밖에 없는 그런 방법이다. 그런 까닭에 진지하게 시도해 보려는 사람이 적지만, 이 방법이야말로 참으로 효과 만점이다. 직접 잠재 의식에 작용해서 마음대로 잠재 의식을 잡아 흔들 수 있기 때문이다.

　이 방법을 충실하게, 적어도 3개월 간 실행하게 되면 극적인 변화를 볼 수 있다. 자기 자신의 마음속에 기적이 일어나고 있다는 것을 확신하게 될 것이다.

　이미 '거울의 테크닉'에 대해 들어본 사람도 있을 것이다.

　'거울의 테크닉'이란 과연 무엇인가? 그것은 간다하다. 거울에 비치는 자기 자신의 눈을 똑바로 지켜보면서 긍정적인 암시, 예를 들면 "너는 신념이 강해!", "언제나 무한하게 넘치는 힘으로 가득 채워져 있어!"라는 말을 단정적으로 반복하는 것이다.

　이때 중요한 것은 이미 자기가 바라는 대로 되었다는 감정을 강하게 갖는 것이다. 물론 거울 속의 자기에게 하는 말은 사람에 따라서 다를 것이다. 자기에게 가장 어울리는 말을 고르면 된다.

　우주인은 나이를 먹지 않는다고 한다. 왜냐하면 UFO 안에 설치된 침대 바로 옆에 있는 거울(자신과 꼭 같은 크기의)에 그 비밀이 숨겨져 있다는 것이다. 그런데 사실 그 거울은 거울이 아니라 우주인 자신의 가장 원기왕성했던 젊은 시절의 사진인 것이다. 아침에 눈을 떴을 때와 밤에 잠들기 전에 그 사진을 바라보면서 "나는 아직 젊다!"라는 자기 이미지를 잠재 의식 속에 집어넣는 것이다.

우스개 소리처럼 들릴지 모르지만 이것은 심리학적으로도 신빙성이 입증된 방법이다. 백문이 불여일견이라는 말이 있듯이 이미지 정보는 인간의 잠재 의식에 직접적으로 그리고 강하게 작용하게 마련이다.

최근에는 골프나 테니스 연습에도 비디오가 이용되고 있다. 세계적인 홈런왕 왕정치 선수도 슬럼프에 빠지면 컨디션 좋을 때의 비디오를 되풀이해 틀어 놓고 들여다보면서 슬럼프에서 헤어나는 비결을 얻어냈다고 한다.

특히 잠자기 전 단 한번의 진지한 단정적 암시는 시험해 불 가치가 있다. 건강이 좋지 않은 사람이라면 잠들기 전에 "나는 차츰 건강해지고 있다!"라는 암시를 거울에 비친 자기 자신의 눈을 똑바로 바라보면서 단정적으로 걸어 본다. 그리고 아침에 잠에서 깨어났을 때 "나는 건강하다. 원기 왕성하다!"라고 거울 속의 자신을 향해 되풀이해 외우도록 한다. 반드시 병세가 호전될 것이다.

'마술 카드'라는 것이 있는데, 이것은 거울의 보조적 역할을 한다.

먼저 자신이 가장 첫 번째로 바라는 소망을 카드에 적는다. 거기에 달성시킬 기한을 써넣으면 더욱 좋다. 예를 들면 '3년 후 나는 회사를 경영한다!'는 식으로……. 그리고 시간만 나면 그 카드를 들여다본다. 그렇게 하면 저절로 잠재 의식이 발동해 필요한 사람·물건·돈을 끌어당기게 되고 점점 꿈이 실현되어 간다.

'거울의 테크닉'과 '마술 카드'를 매일 거르지 않고 실행하다 보면 신념이 차츰 차츰 높아진다. 일을 성공시키는 가장 강력한 무기는 신념이다. 어떤 일이든 시작하고 보면 반드시 몇 개의 장애물을 만나게 된다. 그 장애물을 신념이 강한 사람은 유용하게 이용할 줄 안다.

신념만 흔들리지 않는다면 어떤 어려움이라도 극복해 나갈 수 있다. 누구라도!

3. 잠재 의식을 깨우라

인생을 건설적으로 만드느냐 파괴적으로 만드느냐를 결정하는 주체는
오로지 지금의 '나'인 것이다

본심과 체면, 잠재 의식과 현재 의식, 숨겨진 자신과 표출된 자신! 이러한 말들이 존재하고 있듯이 우리는 두 가지 마음을 갖고 있다.

뭔가를 시작하려고 하면 내부에서 "하지 마!", "너한테는 무리야!", "좀더 기다리는 게 어때?"하고 조용히 충고하기 시작한다. 그래서 영 개운치 않게 돼 남에게 의논을 청한다. 그러면 대개 "그것은 하지 않는 게 좋아!", "그렇게 될 까닭이 없잖아?"하고 선의의 어드바이스를 한다. 결국 자신감을 잃어버린 채 일은 시작도 못하고 그만두게 된다. 이런 경험은 한두 번씩 있을 것이다. 특히 계획이나 목표가 터무니없이 크다거나 전혀 새로울 경우에는 더욱 그랬을 것이다. 현명한 독자라면 이미 알고 있을 것이다. 뭔가 위대한 일을 한 사람들, 이른바 성공자라고 불리는 사람들

은 이 두 가지 마음을 하나로 조화시켜서 잘 이용한 사람들이다. 특히 본심에 해당하는 잠재 의식을 잘 조종하고 자기 편으로 삼을 수 있었던 사람들이다.

잠재 의식을 자기 편으로 삼는다면 어떻게 될까?

뭔가를 하려고 결심을 한다. 그리고 "너는 할 수 있다!", "힘을 내는 거야!"하고 본심이 속삭여 준다. 이러한 마음의 움직임을 '신념화된 상태'라고 부른다. 신념이 더욱 강해지면 이윽고 그것은 신앙이 되는 것이다.

불교, 기독교, 이슬람교……. 그 어떤 종교라도 교조들이 강조하고 있는 것은 '믿음의 힘'이다. 두 가지 마음을 모으는 일의 중요성과 방법론을 가르치고 있다.

잠재력을 과학적으로 밝힌 사람이 정신분석학을 연구한 프로이트와 융이다. 먼저 잠재 의식에 대해 간단하게 살펴보기로 하자.

첫째, 현재 의식은 이성을 다스리고 잠재 의식은 감성을 다스린다. 그리고 이 둘 사이에 싸움이 벌어질 때는 잠재 의식 쪽이 압도적으로 우세하다. 자신이 하는 일이 잘못된 일이라는 것은 알고 있지만 그만두지 못하는 것, 즉 머리로는 충분히 이해되지만 행동이 따르지 않는 것은 이 때문이다.

그러므로 사람을 움직이려면 이성에 호소하는 것보다는 감성에 호소하는 편이 훨씬 효과적이다. "이러저러하니까 이렇게 해줘."라고 이치를 늘어놓기보다 "믿고 있으니까 잘 부탁해!"하고 어깨를 툭 치는 편이 훨씬 효과적이다.

둘째, 잠재 의식은 선악을 판단할 수 없다. 즉 아무 것이나 다 받아들이고 만다.

'나는 건강하다'라고 생각하면 건강하다는 것이 잠재 의식에 새겨지게 되고, '나는 넉넉하다'라고 생각하면 잠재 의식은 넉넉한 쪽으로 작용한다. 만약 '나는 병들어 있다'라고 생각하면 병은 쉽게 낫지 않는다.

셋째, 잠재 의식은 '주어'를 선택하지 못한다. 무엇이 주어가 되는지, 즉 동작의 주체가 누군지를 판단하지 못한다.

'언제나 저 녀석만 잘 될 게 뭐람! 한번쯤 실패해서 혼이 났으면 속이 시원하겠다!'라며 남을 원망하면 정작 혼이 나는 것은 남이 아니라 자기 자신이 되고 만다. '언제나 좋지 않은 일만 생긴다'고 생각하면 잠재 의식은 언제나 좋지 않은 일만 받아들이게 된다. 또 그러한 운명을 끌어당기게 된다.

이와 같이 잠재 의식은 정직하고 힘이 세고 게다가 잘 순종하는 애마와 같은 것이다. 그리고 주인은 현재 의식, 즉 여러 가지의 것을 생각하거나 마음먹게 하는 '나'인 것이다. 주인이 잘 다스리지 않으면 잠재 의식은 거친 야생마처럼 날뛰게 된다. 인생을 건설적으로 만드느냐 파괴적으로 만드느냐를 결정하는 주체는 오로지 지금의 '나'인 것이다.

우리의 현재 의식은 겨우 수면에 얼굴을 내민 빙산의 일각일

뿐이며 그 아래 엄청나게 거대한 잠재 의식이 존재한다. 그리고 그 거대한 잠재 의식을 지배할 수 있는 것은 빙산의 일각인 현재 의식이며, 잠재 의식을 향해 명령을 내릴 수 있는 것 역시 현재 의식이다.

하지만 이 두 가지 마음이 항상 작용하고 있는 것은 아니다. 낮에 깨어 있는 동안엔 주로 현재 의식이 작용하며, 밤에 잠잘 때에는 주로 잠재 의식이 작용하게 된다. 그런데 잠재 의식에게 명령을 내리고 잠재 의식을 잡아 흔드는 가장 좋은 방법은 잠재 의식을 향해 직접 명령하는 것이다.

자, 그럼 그 타이밍은 언제가 좋을까?

낮에 우리가 활동하고 있을 때는 현재 의식의 활동이 활발해 잠재 의식은 그늘에 완전히 가려진다. 반면 곤히 잠들어 있을 때는 명령을 내리려 해도 주인인 현재 의식이 잠들어 있기 때문에 뜻대로 되지 않는다.

따라서 잠재 의식에게 명령을 내리기 위한 최적의 타이밍은 잠들기 직전, 그러니까 꾸벅꾸벅 졸기 시작할 때인 것이다. 그때 말보다 강한 영향력을 갖는 이미지를 입력시킨다면 효과적일 것이다.

자기 자신의 인생을 자기가 바라는 방향으로 유도하고 싶다면 잠들기 직전에 그러한 이미지를 입력시키도록 노력하면 된다.

잠재 의식 속에 불편한 것을 넣어서는 결코 안 된다. 잠재 의식을 더럽혀서는 안 된다. 자기 마음속에서 바라고 있는 밝고 즐겁고 고귀한 꿈만을 그리는 것이다. 마치 즐거운 영화를 볼 때처럼 뚜렷하고 선명하게 즐거운 이야기를 들려주면서 어린애를 재웠던 옛 사람들의 지혜는 그야말로 놀라운 잠재 의식의 활용법이 아닐 수 없다.

선정적인 쇼, 엽기적 사건 등의 어두운 프로그램을 시청하면서 잠들지 않도록 주의할 필요가 있다. 오늘밤부터라도 '사랑은 비를 타고' 같은 감동적이고 즐거운 영화를 보면서 잠자리에 들도록 하자.

4. 잠재 의식을 자기 편으로 만들어라

잠재 의식을 자기 편으로 만들고 암시를 주는 데는 잠들기 전이 최고
말이 아니라 상상으로 그림을 그리듯 분명하게 이미지를 그려야 한다

프로 야구계의 대스타 N선수! 과거 그의 인기는 최고였다. 그
는 찬스에 매우 강했을 뿐 아니라, 팀이 궁지에 몰릴수록 진가를 발
휘했다. 그는 팬에게 '실망' 이란 단어를 안겨 주지 않는 운을 타고
난 선수였다.

그러나 그가 단순히 운만 강했던 것은 아니었다. 그는 본능처럼
'마음의 법칙' 을 십분 활용하고 있었다. 즉, 불가능한 일을 가능케
하는 잠재 의식 개발법을 스스로 터득하고 있었던 것이다.

그가 현역에서 은퇴한 뒤, 중국에 초대돼 야구 교실을 연 일이
있었다. 그때 야구 교실을 보도하는 내용과 함께 매우 흥미 있는 담
화가 함께 실려 있었다. 대략 다음과 같은 내용이었다.

나는 큰 시합이 열리는 전날 밤이면, 잠들기 전에 다음날의 시
합 광경을 마음속에 그려 보곤 한다. "4번 타자, N선수!"하는 아나

운서의 멘트가 들려오면 나는 팬들의 열렬한 박수 소리와 환성을 들으면서 용기 있게 배터 박스로 나간다. 투수가 던진 공이 한복판에 날아와 "됐다!"하고 생각한 순간 힘껏 스윙을 하면 공은 크게 포물선을 그리면서 백스크린을 향해 날아간다. 터질 듯한 박수 소리와 구장이 떠나갈 듯한 환성이 확실하게 들려온다.

그러면 나는 천천히 뛰면서 1루에서 2루, 3루를 돌아서 홈베이스로 온다. 그러면 그곳에서는 모든 선수들이 벤치에서 일어서서 손을 두들기면서 맞이해 준다. 악수와 찬탄의 소용돌이!

"오늘 홈런을 때린 것은 어떤 공이었습니까?" "감사합니다. 공은 한복판으로 똑바로 날아왔습니다. 배터 박스에 섰을 때, 오늘은 꼭 해낼 수 있다는 자신감이 생겼었습니다."

……흥분이 가시지 않은 채로 집에 돌아가서 목욕을 하고 저녁상을 받으면 아내가 맥주를 컵에 가득 따르면서 "여보, 당신 축하해요! 오늘은 정말 훌륭했어요!"라고 내게 말해 준다.

여기까지 머리 속에 그리고 있노라면 어느덧 꿈나라에 들게 된다는 것이다. 그리고 그 이미지가 분명한 것일수록 다음날 꼭 그렇게 되었다는 것이다.

N선수의 일화가 들려주는 중요한 것은, 잠재 의식을 자기 편으로 만들고 암시를 주는 데는 잠들기 전이 최고라는 점이다. 또 말이 아니라 상상으로 그림을 그리듯 분명하게 이미지를 그려야 한다는 점이다.

  골프의 명인 잭 니콜라우스의 경우도 마찬가지였다. 그는 패트하기 전 반드시 공이 그린 위를 떼굴떼굴 굴러가 홀에 골인하는 광경을 머리 속에 그리곤 했었다고 한다. 그리고 똑 하는 소리가 분명히 들리도록 머리 속에 이미지화할 수 있었을 때는 언제나 그대로 잘 되었다고 한다.

5. 마음의 힘은 우주적인 힘이다

마음의 힘은 무한대이다. 우리 주변의 모든 것들, 그러니까 문화 생활에 해당하는 것들은 모두 우리의 정신 활동(마음의 작용)에 의해서 이루어진 것들이다.

그 가운데서도 아직 현실적으로 존재하지 않는 것을 그려낼 수 있는 힘(상상력)이 인간에게 주어져 있기 때문에 우리는 만물의 영장으로서 온갖 생물 위에 군림할 수 있는 것이다.

그런 반면 상상력이 있기 때문에 괴로움이나 고민도 생기게 된다. 괴로움이나 고민을 모르는 것은 오직 상상력이 없는 풀이나, 나무, 또는 새나 동물들뿐이다. 상상력을 지니고 있는 까닭에 인간은 과거를 뉘우치고 미래를 생각하면서 근심하게 된다.

그렇지만 인간에게만 주어진 상상력이라는 힘을 자기 자신을 망치는 방향으로 사용한다면 그것은 안타까운 일이 아닐 수 없다. 상상력을 건설적이고 발전적인 방향으로 사용하게 될 때 비로소 '창조력'으로 변화할 수 있는 것이다.

'기발한 발상', '독특한 기획' 따위는 상상력을 플러스 방향으로 사용하고 창조력으로 변환할 수 있을 때 비로소 가능한 것이다. 그러기 위해서는 우리의 생명력을 최대한 높일 필요가 있다.

컴퓨터를 예로 들면 쉽게 알 수 있다. 컴퓨터가 정상적으로 작동하기 위한 조건으로 충분한 전력 공급, 프로그램이 바르고 적절할 것, 데이터의 양이 충분할 것 등 세 가지를 들 수 있다.

인간도 이처럼 필요한 조건이 있다.

첫째, 아무리 고성능의 컴퓨터라 할지라도 전력이 공급되지 않는다면 고철덩어리에 불과하다. 인간도 마찬가지다. 병들어 힘이 모자라거나 빈사상태, 즉 생명의 힘이 떨어져 있는 상태로는 아무 일도 할 수 없다. 그러므로 인간의 원동력인 생명의 힘을 높이도록 힘쓰는 것이 매우 중요하다.

둘째, 프로그램이 적절하지 않으면 해답이 나오기까지 매우 오랜 시간이 걸리거나 해답을 내지 못하게 된다. 이것을 우리 인간의 경우로 바꿔 놓고 본다면 낙관적 사고, 적극적 사고, 긍정적 사고라는 프로그램이 똑바로 설정되어 있는가 어떤가 하는 것이다.

우리의 잠재 의식 속에 본인도 모르게 저장되어 있는 사고 방식이 비관적이고 소극적이며 부정적인 것이라면 결과도 당연히 그런

것이 되고 말 것이다. 프로그램을 좋은 것으로 바꿔 나가는 방법
은 암시법, 상념법, 또는 유행하고 있는 이미지 트레이닝법이나
마인드 컨트롤법 등이 있다. 이러한 모든 방법들이 요가 행법의
하나임은 물론이다.

셋째로는, 데이터 축적이다. 컴퓨터에 양질의 데이터가 많으
면 많을수록 좋은 해답이 얻어지는 것과 같이 우리 인간의 경우
도 경험이 많을수록 능동적으로 대처할 수 있으며, 정확한 판단
을 내릴 수 있게 된다.

여기서 '잡학잡체험(雜學雜體驗)'이라는 것이 중요한 의미를
갖는다. 경험은 우리에게 커다란 재산이며 무엇과도 바꿀 수 없
는 중요한 가치를 지닌다.

우리가 가지고 있는 뇌세포는 140억 개에 달하지만 사용하고
있는 것은 불과 2~3퍼센트에 지나지 않는다. 거의 무한하다고
할 수 있는 훌륭한 메모리가 인간의 뇌인 것이다. 물론 혼자서 할
수 있는 체험은 한정되어 있지만 남의 말을 듣고 책을 읽음으로
써 간접 체험도 자기 것으로 만들 수가 있다. 또한 훈련하기에 따
라서는 상상력에 의한 공상 체험을 현실 체험과 같은 레벨로 자
기의 잠재 의식에 입력시키는 일도 가능하다.

세상에서 사람들이 성공하고 있는 것은 아직 현실화되지 않은
성공이라는 체험을 상상 속에서 똑바로 체험하고 있기 때문이다.

한 사람 한 사람을 작은 우주라 부르듯, 우리들의 마음속에는

하나의 우주가 존재한다. 그렇기 때문에 우리는 미크로(Mikro)의 세계와 마크로(Makro)의 세계를 자유자재로 상상할 수 있는 것이다.

인류 역사를 돌이켜보면 옛날에는 존재하지 않았던 것이 인간이 갖는 상상력이라는 능력으로 말미암아 자꾸만 창조되어 왔다는 사실을 알 수 있다.

새로운 것은 이 세상에 나타나기 전 인간의 마음속에 이미 완성되어져 있던 것이다. 마음의 힘은 위대하며 무엇이든 실현하고야 마는 위력적인 에너지를 가지고 있다. 그렇지만 자칫 잘못 사용하게 되면 엄청난 파멸을 불러들이는 양면성을 가지고 있다. 때문에 우리는 마음의 힘을 시종일관 창조와 발전의 방향으로 이끌어 가도록 힘써야만 한다.

신체적 건강을 유지하기 위해 어떤 음식을 먹는 것이 좋을까에 대해 주의를 기울이는 사람은 많다. 그러나 '마음의 양식'에 생각을 돌리는 사람은 그리 많지 않다. 극히 일부, 성공한 사람들만이 마음의 건강 관리에 신경을 썼음을 알 수 있다.

마음의 건강을 유지하기 위해서는 '양식'이 필요하다. 밝고 맑고 발랄한 생각을 마음속에 품고 있으면 반드시 무한한 마음의 힘이 작동하게끔 된다.

6. 잠재 의식을 마음대로 다루는 테크닉

잠재 의식을 컨트롤하기 위해서는
잠들기 전의 이미지 암시, 평소의 적극적인 언동,
건설적이고 전향적인 이미지의 끊임없는 입력이 무엇보다 중요하다

잠재 의식의 특징을 다시 한번 정리해 보기로 하자.

* 인간의 본심은 잠재 의식에 뿌리 내리고 있다.
* 잠재 의식은 주어를 선택하지 못한다.
* 잠재 의식은 선악을 판별하지 못한다.
* 잠재 의식과 현재 의식이 싸우게 되면 압도적으로 잠재 의식 쪽이 강하다.

우리의 생명 활동을 유지하는 작용, 예를 들면 호흡을 하거나 소화흡수 활동을 하거나 내장을 잘 컨트롤하고 있는 것은 모두 잠재 의식의 작용이라 할 수 있다. 자율신경계의 신경을 통해서 각 기관에 자동적으로 명령이 내려짐으로써 그 기능이 원활하게 이루어지고 있는 것이다.

　따라서 명분만으로 살거나, 또는 건성으로 웃으면서 살아가는 사람은 본심이 그렇지 않기 때문에 만족하지 못하고 잠재 의식이 억압된 상태에서 살게 된다. 그 결과 잠재 의식의 지배하에 있는 자율신경계의 컨디션이 흐트러지게 된다. 적당한 때 적당한 타이밍으로 호르몬을 내보내거나 소화액을 내보내거나 하는 것이 잘못되면 내장의 상태가 나빠지게 된다. 이것을 자율신경실조증이라고 부른다.

　미국에서는 기업이나 조직에서 사람을 구분할 때 다음의 네 가지로 나눈다고 한다.
　• 리더 – 빅팀(희생자) – 골프공 – 디스포저(쓰레기)
　리더는 오직 한 사람, 사장이다. 그리고 빅팀이란 부장이나 과장 등의 임원들로서 조직을 위해서는 팔이나 다리 하나쯤 부러져도 헌신하는 사람, 가족을 돌볼 짬도 없이 조직을 위해서 전력투구하지 않을 수 없는 사람이다. 골프공은 명령만 떨어지면 어디로든지 날아가야만 할 위치에 놓여 있는 압도적 다수의 사원을 말한다. 마지막으로 짐, 혹은 쓰레기라고 불리우는 디스포저(disposer)사원이 있다.

　그런데 이 네 가지 타입 가운데 본심과 명분을 일치시켜 가면서 살아가는 것은 오직 리더뿐이다. 그렇기 때문에 가장 스트레스가 적다. 그리고 이것은 틀림없이 잠재 의식의 법칙에 들어맞는 것이다.

우리는 앞이 꽉 막혔을 때나 어려운 일을 당했을 때 부처님이나 하나님께 매달린다. 그리고 신앙심이 깊은 사람의 기원이나 소원이 잘 이루어지는 것도 사실이다. 그러나 이것은 부처님이나 하나님이 소원을 들어주는 것이 아니라, 부처님이나 하나님이 반드시 소원을 들어주고 구원해 줄 것이라는 강한 확신이 우리의 잠재 의식 속에 작용하는 까닭에 가능한 것이다.

옛말에 '정어리 대가리도 믿는 마음……'라는 말이 있다. 이 말은 기원하는 대상은 무엇이든 상관이 없다는 뜻이다. 물론 수많은 사람들이 신앙의 대상으로 삼고 있는 부처님이나 예수님 쪽이 정어리 대가리보다는 훨씬 효과가 있음은 사실이지만…….

이제 기원하는 요령, 기원의 테크닉을 소개하기로 한다. 아까도 말했듯이 우리의 기도나 소원이 받아들여지려면 강한 믿음이 필요하다. 마음속으로부터 진심으로 믿는 것은 반드시 실현되고야 만다. 성경 속에는 예수님께서 단지 건드리기만 하셨을 뿐인 소경이 눈을 떴다는 기적이 수없이 많이 나온다. 그 사람은 예수님의 손끝이 닿기만 하면 기적이 일어나서 병이 낫는다는 것을 남들로부터 듣고 있었고, 또 그것을 진심으로 믿고 있었던 것이다. 그리고 실제로 예수님을 만날 수 있기를 애타게 바라고 있었던 것이다. 그러다 그가 예수님을 만났을 때는 영혼이 뒤흔들릴 만큼 감동했을 것이다. 바로 그 '믿음'이 기적을 일으킨 것으로 보아야 한다.

신앙이란 아직 보지 못한 것을 생생하게 보는 눈이다. 즉 신앙의 깊이란 얼마만큼 소망이 현실화되어 보이는가의 정도 차이이다. 얼마나 자기의 본심, 즉 잠재 의식이 납득할 수 있도록 기원하느냐가 절대적으로 중요해지는 것이다.

"부디 건강해지도록, 행복해지도록 해 주시옵소서!"하는 기도는 자기가 아직 건강하지 못하며 행복하지 못하다는 것을 전제로 한다.

"제발 살려 주세요!"하며 매달리는 기원은 좀처럼 잘 이루어지지 않는다. 왜냐하면 신은 우는소리를 제일 싫어하기 때문이다. 이것을 바꾸어 말하면 잠재 의식이 좋지 않은 상황을 꽉 쥐고 있다고 말할 수 있다. 그렇지만 지금의 상황을 완전히 무시해 버린 채 '나는 건강하다' 는 식으로 단정해 버릴 경우엔 본심이 다음과 같이 속삭이게 된다.

"벌써 건강해 졌다니? 그런 일은 있을 수도 없는 거야!"

"그런 바보 같은 소리가 어디 있어!"

이런 도전을 극복하기 위해 현재진행형으로 기원하는 테크닉이 필요하다.

"나는 날로 건강해져 가고 있다."

"어제보다는 오늘, 오늘보다는 내일, 나는 나날이 행복해져 가고 있다. 보람찬 나날을 보내고 있다."

잠재 의식은 선악을 판단하지 못한다. 마음속으로 생각한 일은 좋은 일이건 나쁜 일이건 실현되고야 만다. 남을 모함하거나 상처를 입히려고 앙심을 품으면 잠재 의식은 그대로 작용하기 시작한다. 그것은 나쁜 짓이니까 그만두라거나 그러지 않는 것이 좋을 것이라는 판단을 내리는 것은 오직 현재 의식의 작용이다.

담배가 나쁘다는 걸 알면서도 피운다. 그 나쁘다고 생각하는 마음은 현재 의식의 작용이고, ‘알고는 있지만 끊지 못한다’는 것은 잠재 의식의 작용이다. 즉 잠재 의식과 현재 의식이 승부를 하면 현재 의식은 무력하기 짝이 없게 패하고 만다. 의지력으로 아무리 금연을 하려고 애써 보았자 잘 안 되는 것은 이 때문이다.

인간의 괴로움은 잠재 의식과 현재 의식이 분열되었을 때 일어나게 된다. 즉 본심과 명분이 다를 때 괴로워하게 되는 것이다. 뭔가를 하려고 하면 본심 쪽이 “무리야! 그만둬!”하면서 말린다.

아침에 일찍 일어나는 것은 건강에 좋다! 이 사실을 머리로는 알고 있으면서도 “아무려면 어때. 내일부터 시작하는 거야.”하고 제멋대로 구실을 대면서 그만두는 것이다.

“담배는 몸에 해로우니까 끊기로 하자.”하고 결심을 했다 하더라도 “한 대쯤은 괜찮을 거야.”하고 본심이 타협함으로서 작심 삼일이 되고 만다.

성난 야생마에게 고삐를 채울 방법은 쉽지 않다. 그러나 잘만 길을 들이면 명마가 된다. 잠재 의식도 잘 컨트롤하면 현재 의식의 편이 된다. 잘 조련된 명마는 마치 기수의 손발처럼 뜻대로 잘 움직여 준다.

그러기 위해서는 잠들기 전의 이미지 암시, 평소의 적극적인 언동, 건설적이고 전향적인 이미지의 끊임없는 입력이 무엇보다

중요하다. 그런 훈련 끝에 비로소 자기가 자신의 운명을 창조할 수
있게 되는 것이다.

7. 하늘 창고에 보물을 쌓아라

세상에서 가장 행복한 사람은
보다 많은 사람을 위해 일하고 함께 기쁨을 나누는 사람이다

'**남**을 저주하면 구덩이가 둘이다' 라는 속담은 무슨 뜻일까?

옛날에는 남을 저주하고 싶을 때 한밤중에 일어나서 원한을 품고 지푸라기 인형의 심장 근처에 못을 박아 벽에다 매달았다고 한다. 그러면 저주받은 상대방은 까닭을 알 수 없는 병에 걸려 신음하면서 죽어간다는 것이다. 그러나 결국엔 저주한 사람 자신도 횡사하고 만다는 것이다. 저주한 사람과 저주받은 사람 둘 다 죽었으니 구덩는 둘을 파야 한다는 뜻이다.

이처럼 '남을 저주하면 구덩이가 둘' 이라는 속담에는 최악의 마이너스 감정을 갖는 일이 얼마나 자신과 남에게 해로운 것인지를 깨닫게 해 주고 있다.

미움, 저주, 노여움, 슬픔, 두려움……. 이러한 것들은 모두 마이너스 감정이다. 이러한 감정은 남을 상처받게 할뿐만 아니라 자신에게까지 상처 입히고야 만다.

머리끝까지 화가 나 날뛰는 사람의 입김을 모아 응결시킨 다음 액화한 것을 몰모트인 흰쥐나 토끼에게 주사하면 위궤양에 걸리거나 죽어 버린다는 실험 결과가 있다.

일반적으로 신경질적이고 화를 잘 내며 감정 조절을 잘 하지 못하는 사람은 몸의 어딘가에 고장이 나 있다. 특히 소화기 계통의 장애가 많다.

두 개의 화분을 놓고 한 쪽은 매일 물을 주면서 따뜻한 말을 건네고 또 한 쪽은 그렇게 하지 않는다면 꽃이 피는 상태가 전혀 다르게 나타난다고 한다.

식물도 그러한데 하물며 동물이라면 더욱 당연한 반응이 일어날 것이다. 개나 고양이도 귀여워 해주는 사람에게는 다정스럽게 접근해 오지만, 짓궂게 괴롭히려는 마음을 조금이라도 갖고 있다면 그것을 민감하게 알아차리고는 도망쳐 버린다. 그렇지만 갓난애를 대하듯 하는 마음으로 상대하면 아무런 공포심도 느끼지 않고 가까이 접근해 온다. 하물며 같은 인간끼리야 어떻겠는가! 이심전심으로 상대방을 대하는 감정이 그대로 전해지기 마련이다.

"마주서는 사람의 마음은 거울이다!"

우리가 상대방에 대해 마이너스 감정을 품게 되면 마이너스 감정이 되돌아온다. 반대로 플러스 감정을 품게 되면 플러스 감정이 되돌아온다.

어떤 종교든 '사람을 미워하지 말라. 원망하지 말라' 또는 '범사에 감사하라. 사랑으로 이웃을 대하라'고 말한다. 이는 단순한 도

덕률이 아니다. 생리학적으로 자기 자신을 지키기 위한 기본 수칙도 된다.

'인정은 남을 위한 것이 아니다'라는 말의 본래 의미는 '인정은 남을 위한 것이 아니라 자기 자신을 위한 것이다'라는 뜻이다. 그러니 얼마든지 인정을 베풀도록 하라는 뜻이다. 인정과 애정을 베풀게 되면 커다란 파동 결국 자기에게 되돌아온다.

'음덕(陰德)을 쌓아라' 또는 '하늘의 창고에 보물을 쌓아라'라고 말하는 것은 고리타분한 설교가 아니라 결국은 자기를 위한 것이다. '양덕(陽德)'이라고 하지 않고 '음덕'이라고 하였으며 '사람의 창고'라고 하지 않고 '하늘의 창고'라고 한 것에 주목할 필요가 있다.

음덕이란 남 몰래 덕을 쌓는 것으로서 눈에 안 띄게 하라는 것이다. 결코 남에게 은혜를 강요하거나 보답을 기대해서는 안 된다는 것이다. 바라지 않으니까 상대방이 어떻게 나오거나 간에 원망하거나 미워할 마음이 생기지 않고 언제나 맑은 수면처럼 마음이 잔잔한 것이다. 그 결과 언제든지 자기 자신의 심신을 즐겁게 유지할 수 있는 것이다.

물론 상대방이 감사해 준다면 더 바랄 것이 없다. 하지만 상대방도 마음이 있는 인간인 이상 인정을 베풀면 은혜는 느낄 수 있을 것이다. 하늘의 창고에 보물을 쌓으면 직접적으로 돌아오진 않는다 할지라도 언젠가는 선과(善果)가 되어 되돌아오게끔 되어 있다.

이 세상에서 가장 행복한 사람은 보다 많은 사람을 위해 일하고
함께 기쁨을 나누는 사람이다.

8. 실패는 일시적인 현상이다

체험을 해 본 일이 있는 사람이라면 알 일이지만 건강을 위해 단식을 하면 일시적으로 이제까지보다도 더 건강이 악화되는 현상이 일어난다.

마찬가지로 마음의 법칙을 미리 알고 잠재 의식을 통제하기 시작하면 미처 생각지도 못한 방향으로 사태가 진전되고 좋지 않은 일이 이어지는 일이 이따금 있다. 이것을 운명의 자괴작용, 또는 호전현상이라 부른다.

침구나 한방 등의 방법으로 질병을 치료해도 같은 현상이 일어난다.

자괴작용이 발생했을 때 대개의 사람들은 겁을 집어먹고 공포심의 포로가 되고 만다. 그러나 운명을 호전시키려고 생각한다면 이때야말로 마음을 평안하게 갖고 "아아, 내 자신의 과거 나쁜 업보가 모두 사라져 가고 있구나!" 하고 강하게 다짐하여 신념을 높이는 일이 중요하다. 필요 이상으로 호들갑을 떨거나 하면 오히려 사태를 악화시킬 수 있다.

인생에 있어서 가장 두려운 일은 죽는 일다. 생명에 별 지장이 없는 한 어떤 일도 두려워할 것은 못 된다. 또 죽을 때까지는 살아 있는 것이기 때문에 마음의 여유를 가질 수 있다.

트레인이라는 미국의 유명한 철학자는 자괴 작용을 설명하면서 다음과 같이 말한 적이 있다.

"날 새기 전이 가장 어둡다."

나는 어린 시절, 아버지가 돌아가신 뒤에 생선중개업이라는 장사를 물려받은 어머니를 돕기 위해 추운 겨울날 새벽 3시경에 어시장에 나간 적이 있었다. 따뜻한 남쪽 지방이라고 하지만 겨울 새벽은 몹시도 추웠었다.

4시경부터 경매가 시작되면 시장은 몹시 붐볐고 활기가 넘쳤지만, 장사가 일단락된 6시가 되면 날이 새기 시작했다. 그 무렵, 어째선지는 잘 모르겠지만 갑자기 기온이 내려가고 추위가 뼈에 사무쳤던 기억이 새롭다. 어쩌면 실제로도 날새기 전이 가장 어둡고 추운 것인지도 모른다. 그러나 아무리 어둡더라도 밝아 오지 않는 날은 없다. 어둡기 때문에 아침해가 아름다운 것이다.

지금 아무리 괴로운 처지에 처해 있다 할지라도 아침은 반드시 온다는 단단한 희망을 갖고 산다면 반드시 운명은 좋은 쪽으로 기수를 돌린다.

행복과 불행은 마치 꼬여 있는 새끼줄과 같다. 인간사 새옹지 마라는 고사성어가 대변하듯, 인간의 행복과 불행이란 본래부터 정해져 있는 것이 아니라 인간의 마음이 만들어낸 일종의 환상에 불과하다. 그것을 깨닫지 못하고 현실에 끌려다니면서 울고 웃는 사람들…….

행복과 불행이라는 환상이 만들어지는 까닭은 무엇일까? 그것은 간단하다. 우리는 암시의 바다 속에 살고 있기 때문이다. 보는 것 듣는 것을 통해 우리는 자신도 모르는 사이에 암시에 걸려 든다. 그런데 그 암시는 압도적으로 마이너스적인 것이 많다. Y대학의 매스컴 연구회의 발표에 따르면 신문·잡지·라디오·TV 등에서 흘려보내는 일반 뉴스의 80퍼센트 이상이 나쁜 소식이라고 한다.

지진, 화재, 강도, 유괴, 폭행, 이혼……. 세상 가는 곳마다 사건으로 뒤덮여 있다. 이러한 마이너스적 이미지를 신문에서 읽고, TV뉴스로 듣고 주간지 기사로 다시 읽는다. 이것은 잠재 의식이라는 저장 창고에 상한 음식을 쟁이는 것과 같다. 거기다 한술 더 떠 평소 주고받는 대화에서까지 "비가 와서 김샜어." "더우니까 아무것도 하기 싫어.", "경기가 아주 나빠 큰일이야.", "안색이 안 좋은데." 등등 어두운 말들을 남용한다.

그런데 이처럼 우울한 암시에 흠뻑 젖어 있으면 자신의 감정 자체도 어느덧 헤어날 수 없는 어두운 늪에 빠져버린다.

인간은 자기가 가질 수 있는 상념의 주형(鑄型)에 맞춰 인생의 모양을 만들어 간다. 그리고 이 상념의 주형은 우리가 평소 마음에 담고 있는 그 생각의 습관에 따라 단단한 것으로 굳어져 가게 마련이다.

인간의 사고 방식은 하루아침에 형성된 것이 아니다. 태어나서 지금까지 계속된 일상생활 속에서 조금씩 붙어 온 것이다. 선(禪)의 스승들도 가부좌를 틀고 앉아 있을 때보다 일상생활의 일거수 일투족에 역점을 두라고 하는데, 이것도 그런 이유에서인 것이다.

주형이란 가장 가까운 데서 예를 든다면 쿠키를 만들 때의 틀과 같은 것이다. 틀을 네모로 만들면 네모 쿠키가 나오지 둥근 모양의 쿠키는 나오지 않는다. 또 누가 만들거나 간에 네모 틀이라면 네모 쿠키가 만들어진다.

우리의 사고 방식의 주형, 즉 습관을 바꾸지 않는 한 운명은 절대로 바뀌지 않는다. 특히 자괴작용이 발생했을 때야말로 예전의 주형을 깨뜨려 버리고 성공의 주형으로 바꿔 만들 수 있는 절호의 찬스이다. 그런 중요한 때에 겁을 집어먹고 허둥거리게 되면 모처럼의 좋은 기회를 잃어버리는 꼴이 되고 만다.

이런 때야말로 자신의 마음을 밝게 하여 신념을 강하게 갖고, "내 과거의 모든 나쁜 것들이 없어져 가고 있다."라고 확신의 말을 되뇌일 필요가 있다. 그리고 다시 자기 자신의 마음을 감사로 가득 충전시켜야 한다.

9. 당신은 플러스적인가 마이너스적인가

자신에게 마이너스적 암시를 걸어
스스로 좌절에 빠지고 있지는 않은지

친구 셋만 있으면 멀쩡한 사람을 병자로 만들 수 있다. 어느 날 영업부의 S씨는 기분 좋게 출근을 했다. 그런데 얼굴을 마주친 동료 T가 느닷없이 "어! 이봐, 왜 그래? 안색이 좀 안 좋은데?"하고 걱정스럽게 말을 던졌다.

물론 자기는 아무렇지도 않기 때문에 S씨는 그 말을 마음에 두지 않았다. 그런데 복도에서 총무과에 근무하는 선배 C가 "여어, 오랜만이야. 그런데 자네 어쩐지 피로가 쌓인 것 같군. 요즘 너무 무리하는 거 아냐?" 선배 C의 말에 S씨는 어쩐지 마음이 편치 않아진다.

자리에 앉아 조금 있노라니 과장이 출근했다. "여어, 자네 오늘은 일찍 나왔군. 그런데, 어째 안색이 안 좋은 걸? 어디 아픈가? 오늘은 바쁜 일이 없을 테니 병원에 들려 보게, 병은 초기에 잡아야 한다구!" 이 말을 듣자 S씨는 완전히 의기소침해져서 얼마후 정말로 병석에 눕고 말았다.

세 사람이 사전에 짜고 훌륭하게 연기를 했어야만 가능할 일이지만, 여기까지 몰리고 나면 대개의 사람들은 정말로 없던 병도 얻고야 만다.

이와 대조적인 일도 있을 수 있다.

역도 선수가 있었다. 그는 어제까지 130킬로그램의 역기를 들어올리긴 했지만 아무래도 그 이상의 벽은 넘을 수가 없었다. 하루는 코치가 한 가지 꾀를 생각해 냈다.

135킬로그램의 역기를 준비한 다음, "자아, 오늘 컨디션은 좋은 것 같으니까 130킬로그램에 다시 한번 도전해 보도록 하자구!"라고 말했다.

그러자 놀랍게도 좀 비틀거리긴 했지만 135킬로그램의 역기를 번쩍 들어올렸다. 지금까지 도저히 불가능하다고 생각되었던 자신의 최고 기록을 쉽사리 돌파하고 만 것이다. 코치의 암시가 효과를 발휘한 것이다.

또 한 가지 매우 흥미로운 이야기가 있다. 이미지 컨트롤법의 권위자인 H씨의 이야기다.

H씨는 마작을 너무도 좋아하는데, 학생 시절에도 자주 마작을 했다고 한다. 그런데 어느날, 한 친구가 계속해서 판을 휩쓸고 있었다. 장난기가 발동한 H씨는 한 가지 실험을 해볼 셈으로 그 친구를 향해, "이봐, 자네는 나한테 패를 돌릴 때 꼭 눈썹 위를 꿈틀거리는 버릇이 있다구. 저것 봐, 또 꿈틀거리잖아!"하고 그럴듯하게 암시

를 걸었다. 그러자 정말로 그 친구는 그렇게 하는 것이었다. 그 바람에 그 뒷판부터는 그토록 잘 풀리던 패가 막혀 쩔쩔매더라는 것이다.

사람은 암시 속에서 생활하고 있다. 평소 무심코 입에 담는 말로 남에게 마이너스적 암시를 걸어 상처 입히고 있지는 않은지, 또는 자신에게 마이너스적 암시를 걸어 스스로 좌절에 빠지고 있지는 않은지 한번 곰곰이 생각해 볼 일이다.

10. 암시는 마법의 언어이다

암시는 암시하는 말이 단정적이고 진지할수록
또 되풀이될수록 효과가 있다

"**나**는 날마다 모든 점에서 차츰차츰 좋아져 가고 있다."

에밀 쿠에는 "이 마법의 언어를 하루에 몇 번씩 외우면 금방 병이 낫고, 사업이 호전되고, 인간 관계가 개선되고, 그리고 운명이 호전된다."고 말한 바 있다.

인간은 '암시의 바다'에서 살고 있다 해도 과언이 아니다. 암시는 주로 눈이나 귀를 통해서 들어오게 마련이다. 정보화 시대로 들어서며 암시는 말이나 글이 아닌 영상이라는 직접적인 방식으로 잠재 의식 속에 뛰어들고 있다. 어지간히 마음을 단단히 먹고 있지 않으면 감정의 포로가 될 환경이 완벽히 갖추어지게 되는 셈이다.

마이너스 감정은 의식하지 못하는 사이 잠재 의식 속에 축적돼 어둡고 소극적인 사람을 만들어 버리고 만다.

'불경기이다', '많은 문제점을 안고 있다', '교통 사고가 일어났다' 등등 TV 뉴스만 하더라도 거의 어두운 소식들 뿐이다. 또 일상적인 대화에서도 '안돼' '못한다' '피곤하다' 등 마이너스적 암시들이 대부분이다. 마음의 법칙을 전혀 모르는 사람은 무조건 이런 암시를 받아들이게끔 되어 있다.

이런 암시를 받아들이지 않기 위해서는 '이것을 내 마음속에 받아들여도 괜찮을까?' 하고 분석하고 판단할 필요가 있다. 잠재 의식을 쓰레기통으로 만들지 않도록 하는 것이다.

다시 말하면 적극적이고 밝은 암시를 잠재 의식 속에 불어넣어 주어야 한다는 뜻이다. 잠재 의식을 항상 깨끗하게 해두면 저절로 운명은 밝아진다.

잠재 의식 속에 의도적으로 암시를 새겨넣는 암시법도 있다.

암시법에는 타인 암시법과 자기 암시법이 있다. 그런데 그중에서도 자기 암시법은 매우 안전하다. 왜냐하면 자기 암시법은 자기가 주체일뿐더러 자기 자신의 지배하에 있기 때문이다.

암시법의 대표적인 것은 최면인데 대인공포증, 낯붉힘, 소심함, 말더듬, 정서불안 등에 효과가 있다.

최면법은 잠재 의식 속에 직접 암시를 집어넣는 것이라 매우 효과적이다. 그러나 남에게 맡겨둔다는 점에서 매우 위험할 수도 있는 방법이다. 암시를 거는 쪽과 받는 쪽의 신뢰 관계가 잘 정립되어 있지 않은 경우, 암시를 거는 쪽이 혹시라도 나쁜 마음이라도 먹는다면 상대방은 커다란 피해를 입게 된다. 때문에 자기 암시법으로 자기 마음을 컨트롤하는 것이 가장 좋다.

　심리학의 이론을 빌면, 암시는 강도와 빈도에 비례한다고 한다. 즉 암시는 암시하는 말이 단정적이고 진지할수록, 또 되풀이될수록 효과가 있다는 것이다.

　같은 말을 되풀이해서 들으면 실제로 그렇게 되어 버리고 만다. 예를 들면 어린아이한테 "너는 정말 바보야! 못된 아이야!"라고 되풀이해서 말하면 그 아이는 그렇게 되어 버리고 만다. "어린이는 칭찬하는 방향으로 성장한다."라는 말은 어린이 바이올린 교육으로 유명한 스즈키 씨의 말이다.

　이것은 비단 어린이에게만 국한되는 말이 아니다. 회사에서 부하를 거느리는 데도 꼭 필요한 말이다. 부하들에게 칭찬과 격려의 말을 해주고 자기 자신에게도 용기와 자신감을 북돋우는 암시를 자꾸만 걸 필요가 있다. 그렇게 함으로써 행복을 손에 쥘 수 있는 것이다.

11. 소극적인 말은 적극적인 말로 바꾸라

소극적인 말, 불쌍한 소리, 나약한 소리는 마치 자석과 같이
불운이나 불행을 마구 끌어당긴다

말은 내가 절망의 구렁텅이에서 다시 일어날 수 있었던 힘이
었다. 나는 입에 담는 말 한마디에 주의하였을 뿐만 아니라 소극
적인 말은 적극적인 말로, 비관적인 말을 낙관적인 말로, 그리고
비판적인 말은 칭찬과 감사의 말로 바꾸어 썼다.

말에는 한마디 한마디에 영혼이 담겨져 있다. 일단 입으로 내
뱉은 말은 좋건 나쁘건 남에게 영향을 끼치게 되고, 언젠가는 자
기 자신에게로 되돌아오는 것이다.

어떤 운명이나 상황에 처하더라도 소극적인 말, 불쌍한 소리,
나약한 소리는 마치 자석과 같이 불운이나 불행을 마구 끌어당긴
다.

가령 아무리 병이 심해져서 괴롭더라도 병에 대한 말은 일체
하지 않는 것이 좋다. 괴로운 일은 결코 입에 담지 말아야 한다.
남들은 그런 말을 싫어할 뿐 결코 진심으로 동정해 주지는 않는

다. 건강하게 행동하는 것이 질병으로부터 회복되는 지름길이다.

그것이야말로 기사회생의 묘약인 것이다. 비록 몸은 아프더라도 마음까지 아플 필요는 없다.

만약 회사의 경영자가 언제나 불안해하고 불경기를 탓하고 자신 없는 태도를 취하고 있다면 그 회사는 머지않아 도산하고 말 것이다. 어느 시대를 막론하고 뛰어난 리더는 자신만만할 뿐만 아니라 남들을 고무시키고 희망과 용기와 힘을 주는 말을 한다.

말단 병사에서 출발하여 대제국을 건설한 프랑스 영웅 나폴레옹의 말, "내 사전에 불가능이란 없다!"는 너무나도 유명한 말이다. 그리고 클라크 박사가 한 말 "소년이여, 큰 뜻을 품어라!" 또한 유명한 말이다.

이야기가 좀 빗나가는 것 같지만, 우리 어머님은 중국인이다. 그러니까 나는 중국인 2세가 되는 셈이다.

우리 아버님은 무가(武家)의 혈통을 물려 받은 할아버님의 차남으로서 당시 고교 출신이 흔치 않은 시골에서 상고를 나온 인텔리에 속했었다. 그런데 아버님은 학교를 졸업하고 전기 회사에 근무하게 되었는데 얼마 뒤에는 당시의 국제 도시 상해로 단신 부임했었다. 지금은 해외 주재 근무라는 것이 그리 희귀한 일도 아니지만 그 당시는 무척 드문 일이었다.

얼마 전 상해의 외숙부를 만났는데, 당시 일을 이야기해 주셨다. 아버님은 운전 기사가 딸린 차를 탔고, 상류층 사람들만이 할 수 있었던 골프 같은 것도 즐겼다고 한다.

인간이 유복해지면 마음에 빈틈이 생기는 것일까? 아버님은 같은 직장에 출근하던 이모님을 통해 어머님을 소개받게 되고 깊은 관계를 맺게 되었다고 한다. 일본에도 엄연히 부인이 있었는데도 어머님을 만났었던 것이다. 아버님한테 진짜 부인이 있다는 것을 다른 사람을 통해 알게 된 어머님은 그 쇼크 때문에 기절까지 했었다.

지금 생각하면 아버님은 어린애를 갖고 싶어했었는지도 모른다. 어린애가 없는 일본 부인과 이혼 수속을 취하고 어머님을 어린애와 함께 일본으로 데려가기로 결심했던 것이다. 어머님도 어린애를 생각하여 가족의 맹렬한 반대를 물리치고 모국인 중국을 버릴 결심을 했었던 것이다.

말이 통하지 않는 이국 땅에 온 어머님의 고생은 이만저만이 아니었다. 거기다 오로지 믿고 의지하던 아버님마저 병환으로 돌아가셨으니 그때의 어머님 마음이 과연 어떠했었겠는가!

중국과의 국교가 단절되어 부모형제와 생이별을 하였고, 또 아버님쪽 친척들로부터 중국인이라고 냉대를 받아야만 했던 어머님은 고교 3학년인 장남을 필두로 해서 세 사내아이를 거느린 채 앞으로 어떻게 살아가야 할지 막연해져 동반자살까지도 결심했었다고 한다.

어머님이 늘 하시던 말은 "어휴, 내 팔자!", "왜 나만 이런 꼴을 당해야 하지?"였었다. 또 "행복이란 말이 제일 싫어!"라는 말도 했었다. 어린 마음에도 그런 말들이 어찌나 싫었는지 모른다.

어머님이 겪어온 고생은 정말이지 내가 짐작도 못할 만큼 대단한 것이었다. 그러나 지금에 와서 생각해 보면 되풀이하고 또 되풀이하는 마이너스적 말을 입에 담음으로써 필연적 암시가 되어 어머님의 잠재 의식을 움직였던 것이며, 스스로 많은 고생을 끌어당기고 있었던 것으로 생각된다.

다행히 지금은 내가 잠재 의식에 대해 알기 쉽게 설명해 드린 덕택에 말이 갖는 힘의 무서움을 진심으로 이해하고 납득해서 행복하게 살고 계시다.

현세를 어떻게 리드미컬하게 살아갈 것인가를 설파한 종교가 밀교(密敎)다. 밀교를 설명하려고 한 것이 아니기에 여기서 밀교에 대한 자세한 설명은 생략한다. 그런데 밀교에서 흥미로운 것은 진언(眞言), 즉 지혜로운 말을 입에 담음으로써 인생을 적극적인 것으로 바꿀 수 있다고 가르친다는 점이다. 몇천 년 전부터 그러한 방법이 전해 내렸왔다는 것은 놀랍지 않을 수 없다.

나를 실의의 구렁텅이에서 다시 일으켜 세워준 오키 선생도 그 비슷한 방법을 사용하고 있었다. 오키 선생은 '마디마디 맹세의 말'이라고 해서 적극적인 말을 입소자 전원에게 기합을 넣어가며 외치도록 가르치고 있었다.

"지금 나는 깨닫게 되었다!

깨닫는다는 것은 사는 데 충분한 체력이 주어진 것을 말한다!

오늘 하루 모든 일에 전력을 다해 살아갈 것을 맹세한다!”

아무리 기력이 없고 기분이 나쁘더라도, 불치의 병이라는 선언을 받았을지라도 이와 같은 건설적이고 점진적인 말들을 되풀이해서 외치고 있노라면 병도 낫고 삶의 환희와 용기가 솟아오른다.

12. 말을 깨끗하게 하면 행복이 찾아온다

적극적이고 밝은 말만 쓰고 있는 사람에게는
행복과 행운이 찾아오는 게 자연스럽다

오늘부터 어떤 일이 있더라도 소극적이고 부정적인 말은 결코 하지 말아야 한다. 하나 하나의 말에는 영혼이 담겨져 있기 때문이다. 그러니까 어떤 경우라도 말을 하기 전에 하고 싶은 말을 엄중하게 체크할 필요가 있다. 일단 입에 담으면 그것은 취소하기 어렵다.

따뜻한 격려의 말, 그것들은 적극적이고 밝은 말이다. 적극적이고 밝은 말만 쓰고 있는 사람에게는 행복과 행운이 찾아오는 게 자연스럽다.

경영의 귀재라 일컬어지는 마쓰시타 전기의 고(故) 마쓰시타 고노스케 씨는 학력도 없고 재산도 없는 그야말로 맨주먹으로 성공한 인물이다. 그런데 그가 입에 담는 말은 언제나 진취적이고 밝은 기운으로 가득 차 있었다.

행복도 행운도, 또 성공도 모두 남이 가져다 주는 것이다. 밝고 적극적인 말에는 사람을 끌어당기는 힘이 있다. 입만 열면 삐딱하고 우울한 말만 하는 사람에게 가까이 다가올 사람이 과연 있을까?

'이 세상을 어떻게 힘차게 살아갈 것인가?'

좋지 않은 말은 좋지 않은 결과를 낳고, 좋은 말은 좋을 결과를 낳는다. 이 세상 모든 일은 모두 원인이 있으므로 해서 결과가 있고, 또 그 원인은 자기 자신이 만들어 낸 것이다.

"나는 불행하다. 정말이지 불행하다."하고 한숨만 쉬는 사람은 그렇게 한숨 쉬고 있는 것 자체가 다시 장래의 불행의 원인이 된다는 것을 깨달아야 한다.

"나는 해낼 거야! 틀림없이 할 수 있다구! 나에게는 충분한 능력이 있단 말이야!"하고 매일 자기 자신에게 사기를 북돋는 사람은 반드시 성공하게 된다.

오늘부터는 욕설이나 마이너스가 되는 말, 소극적인 말을 입에 담지 말고 밝고 적극적인 말만을 하도록 하자. 그것이 성공을 위한 첫걸음이 된다.

앞서 말했듯이 말에는 영혼이 담겨져 있다. 말의 영혼을 연구하는 학문을 '언령학' 이라 부른다.

깨우침을 얻은 사람을 부처라고 한다. 어째서 부처라고 하느냐 하면 모든 스트레스에서 풀려나 자유롭게 되었기 때문이다. 우리의 고민이나 괴로움은 모두 욕심에서 오는 것이다. 욕심을 버리고 자신과 남을 해꼬지하지 않는 사람을 부처라고 불러도 좋을 것이다.

우리 몸은 신으로부터 빌린 것, 그러니까 장기 임대주택 정도인 것이다. 마음은 항상 옮겨가기 쉽고 변하기 쉽다.

생각의 힘을 뜻하는 '염력(念力)'의 '염'은 지금(今)의 마음(心)이라는 뜻이다. 또한 깨우침(悟)이란 내(吾) 마음(心)을 뜻한다.

기도는 생명의 다짐, 즉 마음속으로부터의 생명의 외침이다. 그러니까 기원이 이루어지는 것은 대자연의 법칙에 들어맞는 필연적인 것이다.

또 때묻은 상태는 마음이 우러나지 않는 상태, 기력이 없는 상태를 나타낸다. 식이요법을 하는 사람은 씹는 것을 신과 통하는 행위라고 말한다. 말을 깨끗하게 하고 정돈함으로써 모두 함께 깨우침과 행복의 길을 찾아가도록 하자.

13. 마이너스 암시에 걸려들지 말자

두려움이란 아직 현실에서 일어나지 않은 일에 대한 걱정으로
인간이 갖는 상상력에서 비롯되는 것이다

인간은 암시의 바다 속에서 살고 있다. 낱개의 마이너스 암
시는 위력적인 것이 아니지만 내버려두면 눈덩이처럼 불어나 행
운과는 점점 거리가 멀어지게 만든다.

점이나 관상을 보는 일은 아직도 성행하고 있다. 그런데 경우
에 따라서 이것들은 매우 두려운 일이 아닐 수 없다.

물론 모두 그렇다고 단정할 수 없지만 점쟁이나 관상쟁이는
상대방의 공포심을 이용해 돈벌이를 하는 사람들이 많다. 상대방
의 약점을 노린 이런 사기술이 끊이지 않는 이유는 인간의 마음
이 약하기 때문이다.

방위술(方位術), 인상(印相), 가상(家相), 관상(觀相), 수상(手相),
성명학(姓名學) 등은 저마다 자연 현상을 경험에 의해서 체계화한
것이다. 따라서 약간은 과학적이라고 볼 수 있다. 그런 까닭에 맞
는 경우도 가끔은 있는 것이다.

본래 인간은 신의 아들, 부처님의 아들, 또는 대자연의 아들로 태어난 자유로운 존재이다. 절대 미신에 얽매일 필요가 없다.

미신은 맹신으로부터 온다. 종교건 점술이건 상대방의 공포감을 이용하는 것은 미신이다. 왜냐하면 종교란 우주의 가르침이라 말하듯이 우주의 법칙, 대자연의 법칙을 가르치는 까닭이다. 그리고 우주의 법칙은 생성 발전의 법칙이며, 사랑이 넘치는 법칙이기 때문이다.

개나 고양이에게 고민이란 없다. 인간만이 고민을 한다. 인간에게만 상상력이 있기 때문이다. 상상력이 있는 까닭에 미래를 그릴 수 있고 문명을 발전시킬 수 있다. 반면 상상력을 악용한다면 얼마든 공포심을 조장하는 무기가 될 수 있다. 두려움이란 아직 현실에서 일어나지 않은 일에 대한 걱정으로 인간이 갖는 상상력에서 비롯되는 것이다.

여기에 폭 30센티미터, 길이 10미터의 가늘고 긴 널판지가 있다고 하자. 이것을 땅바닥에 깔아놓고 "자, 이 널판지를 밟고 건너가라!"라고 한다면 누구든 쉽사리 그것을 밟고 건너갈 수 있을 것이다.

그러나 이 널판지를 15미터 높이의 빌딩과 빌딩 사이에 걸쳐놓고 건너라고 하면 어떻게 될까? 대부분의 사람들이 다리가 떨려 제대로 서 있지도 못할 것이다.

널판지의 넓이가 30센티미터이고 길이가 10미터라는 객관적인 사실은 하나도 변하지 않았음에도 불구하고 어째서 이토록 다른 반응이 일어나는 것일까? 이것은 인간이 갖는 상상력의 영향이라고 생각된다. 빌딩과 빌딩 사이를 연결해 놓은 널판지 위에 선다는 상상만 해도 벌써 마음이 벌벌 떨리기 시작한다.

모처럼 신으로부터 부여받은 이 상상력을 좋은 방향으로 쓸 것인가 자신을 괴롭히는 나쁜 방향으로 쓸 것인가는 오로지 자기 자신에게 달려 있다.

인간의 잠재 의식 속에 시시각각 입력된 것이 조건반사되고 습관화되어 행동을 규정하고 운명을 결정짓는다. 그리고 무엇이든 받아들이는 이 잠재 의식은 우리의 오관을 통해서 들어오는 현실 세계의 인상과 상상력에서 생겨난 이미지를 전혀 구별하지 못한다.

그래서 현실 세계에서 마이너스적 암시를 받고, 더구나 자기 상상력으로 다시 그 이미지를 확대하여 잠재 의식을 소극적이고 왜소하게 만들면 만들수록 운명은 걷잡을 수 없는 방향으로 빗나가기 시작한다.

미신에는 그 뒤에 그것을 믿지 않으면 뭔가 좋지 않은 일이 일어난다는 마이너스적 이미지가 반드시 조건으로 따라붙게 마련이다.

조상님의 저주가 있다고? 어째서 조상님이 자손의 불행을 바란단 말인가! 자식의 장래를 걱정하고 자식의 행복을 바라지 않는 부모가 세상에 어디 있단 말인가! 조상님은 곧 우리의 부모인 것이다.

이름자의 획수가 좋지 않다고? 이름자가 나쁜 데도 성공한 사람은 얼마든지 많다. 성명학의 판단이 절대적이라고 한다면 외국인은 어쩌란 말인가? 물론 좋은 획수를 갖고 있는 사람은, "좋은 이름을 갖고 있으니까 나는 운이 좋다."며 자기 암시를 거는 일이 매우 중요하다. 그러나 흉(凶)한 이름이라고 판단되더라도 자기의 잠재 의식에 흉이라는 것을 입력하지 않는 사람은 이름 따위가 전혀 문제되지 않는다.

특히 암시에 관한 것은 철저히 자기 자신에게 편리하도록 생각하는 것이 좋다. 누구에게도 해가 되지 않는 이상 얼마든지 자기 중심적이어도 상관이 없다. 미신과 맹신의 포로가 되지 않도록 순간순간 플러스적 이미지를 열심히 짜 넣을 필요가 있다.

14. 배짱과 여유를 갖자

큰일을 하려면 '마음의 여유(平常心)'와
'흔들리지 않는 마음(不動心)'이 반드시 필요하다

인간에게는 두뇌와 복뇌(復腦)가 있다고 한다. 현대 교육에서는 두뇌의 단련만이 중요시되고 있고 복뇌의 개발은 전혀 고려되고 있지 않다. 그러나 인생을 활기차게 살아가는 데 있어 가장 주요한 것이 복뇌라는 사실을 알아야 한다.

복뇌를 일본에서는 '하라(復)', 중국에서는 '단전(丹田)', 인도에서는 '위디아나', 한국에서는 '뱃심(배짱)' 또는 '단전'이라고 부른다.

복부는 기력과 박력의 원천이다. 행동력, 실행력, 결단력 등은 모두 복부에서 우러나오고 있으며, 죽음을 두려워하지 않는 박력과 자기가 해내겠다는 사명감 역시 복부를 단련함으로써 생겨난다.

흔히 현대인은 나약하고 추진력이 부족하다는 말을 한다. 그것은 복부를 단련하는 일, 단전을 단련하는 일을 잊고 있기 때문이라 할 수 있다. 복부가 단련되지 못했기 때문에 호흡도 얕을 뿐더러 사소한 일에도 겁을 집어먹곤 하는 것이다. 항상 남의 눈을 의식하고 남에게서 비판을 받으면 배춧잎에 소금이 뿌려진 것처럼 맥을 못 추고 만다.

스스로 뭔가를 하려고 하면 꼭 장애가 따르는 법이다. 환경을 극복해 가려고 하면 반드시 마찰이 생기는 법이다. 그러나 마찰이 있기 때문에 바퀴가 구를 수 있다는 것을 명심하자.

어떠한 장애와 마찰이 생겼을 때 금방 기가 죽고 마는 것은 배짱이 없는 탓이다. 어떤 일도 과감하게 실행하는 힘의 원천인 배짱(단전)을 단련하도록 하자.

단전을 단련하는 열쇠는 두 가지가 있다. 첫째, 호흡을 깊게 할 것, 특히 복식 호흡과 여러 가지 경험을 쌓도록 하는 것이 좋다. 공연스레 아무 일에나 뛰어들 필요는 없겠지만 여러 차례 위기를 넘긴 사람은 배짱이 두둑해지기 마련이다.

복부는 스트레스나 쇼크의 완충지대이다. 외계로부터의 자극을 여과 않고 그대로 다 받아들인다면 정신이 제대로 버텨낼 수 없다.

일단 그 쇼크를 부드럽게 할 수 있는 완충기가 필요한데, 그것이 바로 복부인 것이다. 그러니까 배짱이 센 사람이란 쇼크에 강한 사람을 말하는 것이다. 단전은 육체의 배 부분을 뜻하지 않는다. 단순한 복근력과는 전혀 다른 것이다.

복근을 항상 단련하고 있는 스포츠 선수라고 해서 꼭 배짱이 든든하다고 말할 수는 없다. 과학적 이치가 존중되는 세계인 서양에서는 배짱이나 단전이라는 개념이 존재하지 않는다. 물론 서양에 배짱 있는 사람이 하나도 없다는 뜻은 아니다. 서양에도 역사에 이름을 남긴 배짱 큰 인물들이 얼마든지 있었다. 다만 이것을 연구하고 체계화하여 구체적으로 배를 단련하기 위한 방법을 제시하고 있는 것은 오직 동양뿐이라는 말이다. '머리를 비워라' 라든가 '몰두하라' 라는 표현은 서양에서 없는 표현이다.

의사이면서 단전 호흡 모임을 주도하고 있는 M박사는 이 분야에 관해서 의학적인 해명을 했을뿐더러 흥미로운 학설을 제창하였다.

"배짱을 기른다는 것은 깊은 호흡에 의해서 횡격막을 힘있게 오르내리게 하고 배꼽 뒤에 있는 신경의 중추, 즉 태양신경총(太陽神經叢)을 다이나믹하게 자극하는 것이다. 몸과 마음을 이어주는 것은 신경이며, 그 신경의 중추인 태양신경총을 기분 좋게 자극함으로써 내장 전체의 작용을 정돈하고, 그 결과 혈액 순환까지 좋게 하여 몸의 컨디션이 좋아지고 마음까지 침착해지니, 이것은 매우 합리적인 일이 아닐 수 없다."

마음이 차분하지 못할 때 우리는 곧잘 "자아, 숨을 깊게 들이마시고……."라든가, "자아, 한숨 돌리고……."라고 말하는 데 이는 과학적으로 보더라도 정말 옳은 일이다.

큰일을 하려면 '마음의 여유(平常心)'와 '흔들리지 않는 마음(不動心)'이 반드시 필요하다. 중요한 순간에 자신도 모르게 흥분이 돼 머리에 피가 솟아올라 어쩔줄 몰라 한다면 그 일이 제대로 해결될 까닭이 없다.

　'이때다!' 라고 생각되는 중요한 시기에는 평소의 실력을 충분히 발휘하기만 하면 된다. 태연스런 마음을 유지하는 것으로 족한 것이다. 그러기 위해서는 평소부터 호흡을 깊이 하고 배짱을 키워 두는 일이 중요하다.

15. 마음의 힘으로 일을 시작하라

신경과민인 사람은 조금만 추워도 감기가 들고,
가벼운 일에도 쉽게 화를 낸다

'**암**병단' 은 불행을 부르는 말이다. 한자로 쓰면 '暗病短', 즉 어둡고 병이 잦고 성질이 짧고 급한 사람을 말하는 것이다. 사람은 어두운 말을 듣기 싫어한다.

사람들은 언제나 여기 저기가 아프다고 하는 사람의 말은 듣고 싶지도 않은 것이다. 조금 건드리기만 해도 폭발할 듯한 사람은 아예 가까이 하기조차 싫은 것이다.

사람은 '인간(人間)' 이라고 쓸만큼 사람과 사람 사이에 살고 있으며, 행복·행운도 사람에 의하여 사람에게 전해지는 것이다. 때문에 고립된 암병단에게는 복이 오지 않는다.

암·병·단! 선천적인 성격이니 어쩔 수 없다고 단념하기에는 아직 너무 이르다.

만약 자신이 암병단이란 생각이 든다면, 왜 그렇게 되었는가 하는 원인을 깊이 따져보면 곧 알게 될 일이지만, 자기를 둘러싼

외부 환경에 너무나 과민하게 반응한 것이 커다란 이유인 것이다.

오감으로 들어오는 갖가지 자극을 한꺼번에 받아들이지 않도록 하자. 쇼크를 부드럽게 완충시키고 취사선택해서 받아들이면 몸도 그만큼 무리가 따르지 않게 된다. 그러한 방법으로서 항문을 조여 주는 신기한 방법이 있다.

옛날, 배가 전복되어 타고 있던 모든 사람이 차가운 바다에 내던져 졌을 때, 꼭 한 사람 살아난 스님이 있었다고 한다. 물론 구조되었을 때는 기절해 있었지만 기적적으로 회복되었던 것이다.

나중에 그때 이야기를 들었는데, 그는 스승으로부터 "어떤 일이 눈앞에 닥치더라도 우선 먼저 항문을 조여 두도록 하라."는 가르침을 받았었다고 한다. 그래서 순간적으로 그것을 실행에 옮겼다는 것이다.

오키 선생은 항문을 조이는 연습을 하기 위해서 유리 구슬을 항문에 넣고 훈련했다고 한다. 흔히들 동공(瞳孔)이 열리고 항문이 벌어져 있으면 이미 살아날 가망이 없다고 말한다. 그만큼 항문을 조여 주는 일은 중요하다.

시험 삼아 항문을 힘주어서 꼭 조여 보라. 생명의 충일감을 느끼게 될 것이다.

항문이 조여져 있을 때는 단전력이 높아져 있을 때이다. 단전이야말로 신의 자리라 불리울만큼 생명의 발현에 있어서 중요한 곳이다. 단전이란 외적인 쇼크를 가볍게 받아넘기는 완충기와도 같다.

단전이 강화되어 있을 때, 상반신의 힘은 빠지고 다리 안쪽에 힘이 주어지며 엄지발가락에 힘이 들어가 있게 된다. 어깨 넓이만큼 발을 벌린 자세에서 크게 점프한 다음 바닥에 소리 안 나게 살짝 내려선다. 그때 엄지발가락과 안쪽 사타구니에 힘을 주도록 하는 것이다. 그렇게 하면 저절로 항문도 조여지게 된다.

옛날부터 사소한 일에 놀라지 않는 사람을 가리켜 뱃심 좋은 사람이라고 했는데, 인간이 본래 갖는 생명력을 완전히 발현하는 데는 뱃심이 무엇보다 필요하다.

필자 자신은 10년이 넘도록 아침마다 아무리 추운 날이라도 냉수욕을 하고 있다. 냉수욕을 할 때는 용기가 필요하다. 그러나 일단 물을 끼얹고 난 뒤의 상쾌함이란 무엇과도 바꿀 수 없는 것이다. 만약 이것을 지겹다는 생각을 가지고 했었다면 틀림없이 감기에 들어 버렸거나 벌써 예전에 그만 두었거나 했을 것이다.

산에서 조난을 당해 1주일만에 죽어버린 사람과 몇십 일이나 굶고도 살아난 사람과의 차이는 무엇일까? 그것은 공포심의 차이라고 할 수 있다. 산에서 조난을 당했다. 이젠 죽을지도 모른다는 공포심이 쇼크를 고조시키며 마음의 힘을 나약하게 만든다.

그러나 몇 번이고 단식을 경험하였고, 그때마다 심신이 맑아지는 것을 경험했던 사람은 아무런 공포심도 없다. 마지못해 하는 일이 얼마나 생명력을 소모시키는 지에 대해서 생각해 볼 일이다.

좋아서 견딜 수 없는 일을 하고 있노라면 피로감도 잊는 법이다. 이제부터 뭔가를 하려고 한다면 항문을 꽉 조이고, 마음속으로 힘을 주고 시작해 보자. 인간의 몸과 마음은 본래가 하나인 것이니 하나로 합쳐서 써야만 한다.

항문을 조이고 숨을 멈춘 다음, "자, 시작이다!"라고 자신을 타이른다. 심신을 통일한 상태에서 일을 시작한다.

16. 집중하면 피로하지 않다

능동적인 사고방식을 갖고 일을 하면 피로를 못 느끼며,
과로했다 하더라도 기분이 매우 상쾌해진다

집중하고 통일하는 것. 이것을 요가에서는 '다라나' 라고 부른다. 마음은 항상 외부의 자극에 의해 흔들린다. 흔들리는 마음을 한데 모으는 것을 '다라나' 라고 한다. 마음을 한곳에 집중시키면 볼록렌즈가 태양빛을 집중시켜 먹지를 태우듯 놀라운 힘이 발휘된다.

집중의 반대는 분열이다. 안절부절못하는 차분하지 못한 상태를 그렇게 부른다. 분열증이라고 하는 것은 분열 정도가 높아진 상태를 말한다.

마음을 집중시키면 피곤하지 않은 법이다. 마음을 분산시킨 채 일을 하면 아무리 간단한 일이라도 매우 피곤하게 느껴진다.

그러나 아무리 바쁘고 많은 일을 하고 있더라도 지금 하고 있는 일에 마음을 집중시키면 피로를 모른 채 능률적으로 일할 수 있다.

마음이 분산돼서 머리가 혼란해졌을 때는 쉽게 피로를 느끼게 된다. 이 경우의 피로감은 에너지를 다 써 버렸을 때의 상쾌한 피로감이 아니기 때문에 불쾌감이 들게 된다.

여기서 한 가지 구별해 두지 않으면 안 될 것이 '집중'과 '집착'이다. 가령 자기가 좋아하는 일에 몰두해 있다가 깨닫고 시계를 보니 새벽 3시였다는 것과 밤중에 벽시계 소리가 신경 쓰여 끝내 잠을 이루지 못했다는 경우를 비교해 보라.

양쪽 모두 한 가지 일에 마음이 집중돼 있다는 점에서는 동일하지만, 전자는 전혀 피곤하지 않고 일종의 상쾌감마저 느끼게 되나 후자의 경우는 몹시 피곤한 것이다.

도대체 이러한 차이는 어디에서 오는 것일까? 전자가 능동적 · 자율적이라면 후자는 수동적 · 타율적이라고 할 수 있을 것이다. 전자의 경우는 자신의 의지로써 언제라도 집중의 대상을 바꿀 수가 있지만, 후자의 경우는 그 일에 마음이 쏠린 나머지 좀처럼 헤어날 수 없는 것이다.

심한 사람은 몇 년 전의 일에 계속 집착한 나머지 '저 녀석한테 속아서 분하다'는 생각을 계속 떨쳐 버리지 못한다. 그런데 언제까지나 이렇게 집착하게 되면 결국 자기 내부의 에너지를 고갈시키는 결과를 초래하고 만다.

그런데 능동적인 사고방식을 갖고 일을 하면 피로를 못 느끼며, 과로했다 하더라도 기분이 매우 상쾌해진다.

집착을 떨쳐버리고 의식을 쉽게 집중할 수 있는 방법 중의 하나가 명상이다. 명상을 되풀이함으로써 나는 누구이며, 어디로 가려는 것인가를 찾게 된다. 그래서 진정한 나를 만남으로서 나답게 사는 것이다. 그렇게 하면 자연스럽게 자신이 좋아하는 길을 찾을 수 있게 된다.

이미지 컨트롤법을 창안하고, 계속해서 연구와 저작에 몰두하고 있는 H씨는 자기만의 직업으로 성공하는 조건 세 가지를 다음과 같이 들고 있다.

- 그 일을 정말로 좋아할 것
- 그 일이 시류에 맞을 것
- 그 일을 자기만이 할 수 있을 것

이 세 가지 조건을 만족시키고 배수진을 치게 되면 좋은 지혜와 아이디어가 샘물처럼 솟아 나와 반드시 성공하게 된다는 것이다.

흔히들 밥 먹는 것도 잊고 열중한다는 말을 하는데, 정말로 좋아하는 일이라면 피로를 모르고 그처럼 몰두할 수 있다.

몰두(沒頭)라는 말은 집중을 나타내는 말 중 가장 훌륭한 말이다. '머리가 빠져 버린 상태', 그러니까 앞에서 말한 깊은 단전호흡으로 맞서고 있는 상태인 것이다. 물아일체라는 말이 있는데 이것은 자아를 잊고 대상과 일체가 된 이상적인 경지를 말한다.

　그런 때야말로 완전하게 집중하고 있는 상태다. 이런 상태는 대단히 여유가 있는 상태이기도 하다. 집중력은 훈련에 의해 얼마든지 높일 수 있다. 연습해 보도록 하자.

17. 스트레스를 이용하라

최근 '정신 이완 테이프'라는 것이 인기다. 물론 그런 것을 사용해서 정신을 이완시키는 일도 가능은 할 것이다. 그러나 정말로 정신적 여유를 갖게 되는 것은 에너지를 다 써 버리고 난 뒷일일 것이다.

에너지를 다 써 버리고 난 뒤가 아닌데 정신 이완만을 찾는다면……, 그것은 앞뒤가 뒤바뀐 것이다.

아침부터 밤늦게까지 잠자리에 누워 정신을 이완시키기 위하여 아무리 힘쓴다 할지라도 그것은 백퍼센트 수포로 돌아가게 마련이다.

가장 사회 복지가 진보한 스웨덴이나 노르웨이에서 자살률이 높은 것은 사람들이 나이가 들고나서 아무 일도 하지 않아도 되는 상태, 즉 하루 종일 멍청히 있어도 되는 환경에 처해지기 때문이다. 하루 종일 멍하니 앉아 있는 것을 누가 고문이라 느끼지 않겠는가.

"적당한 스트레스는 비타민과도 같다."

프랑스 스트레스 학설의 권위자인 한스 세리에 박사의 말은 귀담아 들을 필요가 있다. 하루하루의 생활 속에서 긴장과 이완을 되풀이하면서 밸런스를 잡아 나가지 않으면 안 된다.

그러한 의미에서 오키 선생이 가르친 생활은 매우 합리적이었다고 생각한다. 오키 선생은 이 생활 방법을 인도 독립의 아버지 간디로부터 직접 배웠다고 말했었다. 힘껏 몸을 움직인 다음에는 천천히 쉬도록 하며, 조이는 운동을 한 다음에는 늦추는 운동을 하고, 찬 물로 목욕을 한 다음엔 반드시 내보낸다. 즉 서로 반대되는 자극을 번갈아 되풀이하는 것이다.

불면증으로 잠을 못 잔다는 사람이 있는데, 이것은 낮에 힘을 다하지 않은 증거다. 눈을 뜨고 있는 동안에 동분서주, 더구나 남을 위해서 녹초가 될만큼 활약한 날은 틀림없이 곤한 잠에 빠질 수 있을 것이다.

활동하고 있을 때는 즐겁고 활발하게 그 일을 한다. 스트레스를 스트레스로 느끼지 않는 방법은 그 일을 좋아하는 것이다. 탄력을 붙여서 일을 하며 감사할 때 어떤 스트레스도 이미 스트레스가 아닌 것이다.

때에 따라서 이 세상의 현상 중에서 가장 싫은 것, 즉 스트레스라고 느껴지는 일을 하면서 감사하며 그 일에 임할 때 공부가 되기도 한다. 나 역시 병으로 고생하고 나서 몸으로 요가의 가르침을 깨닫게 된 것이다.

지금 와서 생각하니 병이야말로 나에게 있어 가장 좋은 스승이었던 것 같다. 싫은 사람, 싫은 일을 갖고 있다는 것은 어쩌면 행운이라고도 할 수 있다. 왜냐하면 그 사람의 정신을 단련시켜 주기 때문이다. 그러한 어려움을 통해 보다 강하고 튼튼하게 자아가 완성될 수 있기 때문이다. 적을 내 편으로 만드는 것이 최고의 병법이다.

독일의 심리학자 슐츠 박사가 '정신 이완'을 의식적으로 만들어 내는 방법인 자율훈련법을 세상에 내놓은 일화는 너무나도 유명하다. 그 훈련법을 체계화하기까지 그는 사람이 정신을 이완시킨 채 편안히 쉬고 있을 때의 몸의 상태를 연구했었다. 그런데 연구 중 편안한 상태를 자기 이미지의 힘으로 먼저 만들어 보면 어떨까 하는 생각에서 여러 가지 실험을 시도했었다. 그는 사람들을 충분히 이완시키고 말끔한 기분에서 잠이 깨도록 한 뒤, 그때의 상태를 인터뷰했다. 그 결과 다음과 다음과 같은 반응을 얻을 수 있었다.

- 손발이 무거운 느낌이었다.
- 손발이 나른하고 따뜻한 느낌이었다.
- 이마가 시원한 느낌이었다.
- 호흡이 매우 편한 느낌이었다.
- 배가 훈훈하고 따뜻한 느낌이었다.

그런 뒤 이번에는 먼저 몸을 눕히게 한 다음 역으로 이런 이미지를 주는 암시를 걸어줌으로써 자기가 마치 진짜로 이완된 것처럼 유도하게 되면 '정신 이완'에 효과적이라는 것을 발견한 것이다.

이 발견으로 슐츠 박사의 이름은 전세계에 알려지게 되었다. 슐츠 박사는 사람의 가장 편안한 자세에서 힌트를 얻었던 것이다.

낮에 힘껏 활동하고, 자기 전에 이 자율훈련법을 사용하여 전신의 긴장을 푼 다음 잠이 들면 마음이 언제나 맑은 가을 하늘처럼 개운한 상태로 유지될 것이다.

18. 먼저 투자를 해야 들어온다

스트레스와 질병의 원인은 자기 안에 있는 에너지를 충분히 발산하지 못했기 때문에 발생한다. 오키 선생은 그것을 '잔류 에너지'라고 불렀다. 깨어 있을 때 적극적으로 자기가 갖고 있는 에너지를 다 써 버리면 편안한 잠을 이룰 수 있다. 여기에도 음과 양의 밸런스가 작용하는 것이다.

우리는 지나치게 먹는 일만 생각하는 것은 아닐까? 병에라도 걸리면 어떤 것을 먹어야 하나, 어떤 것을 마셔야 하나 하고…….

건강을 회복하는 데 단식이 제일 좋다고 하는 이유는 단식을 하게 되면 먹는 일을 그만두고 배설하는 일에만 힘쓰는 까닭이다. 변비야말로 만병의 원인이다. 언제나 쾌변이라면 어지간한 병은 낫고 만다. 사업을 하는 데도 먼저 투자가 필요하다.

옛날 홍법대사(弘法大師)가 남긴 건강장수법을 소개해 볼까 한다. '오출(五出) 비법'이라는 것이다.

- 땀을 내보낸다
- 목소리를 내보낸다
- 숨을 내보낸다
- 노폐물을 내보낸다
- 정성을 내보낸다

이와 같이 삼밀(三密 : 몸, 호흡, 마음)을 모은 설명을 하고 있는 것은 과연 그럴 듯한데, 우주의 진리는 내보내면 반드시 들어오게끔 되어 있다. 여러 종교에서 모든 것을 버리라고 설교하는 이유가 바로 여기에 있다.

목욕탕 안에 들어가 앉아서 물을 이쪽으로 끌어오려고 하면 저쪽으로 밀려가고, 저쪽으로 밀어 보내면 이쪽으로 몰려온다. 나가면 들어오는 것이다. 전력으로 노폐물을 다 내보내고 난 다음 배가 고파짐은 너무나도 당연한 일이다.

호흡은 우선 '내보내는 것(呼)'이 순서이다. 숨을 내보내면 저절로 들어오게 된다. 호흡 건강법에는 가지 유파가 있지만 모두 내뱉는 것에 중점을 두고 있다. 선(禪)의 수식관(數息觀)에서도 토하는 입김에 주의를 집중하고 있다. 요가의 자세에서도 예외없이 내뱉는 입김에 의식을 집중시킨다. 그만큼 내보내는 것이 중요한 것이다.

내보내고 내보내고 끝까지 다 내보내는 데에 건강과 성공의 비결이 숨어 있다.

문화의 발전은 사람들의 생활을 보다 풍요로운 것, 편리한 것으로 만들어 주고 있다. 그 반면에 자연 생활에서 차츰차츰 멀어져 가게 만든다. 자동차를 비롯한 교통 수단의 발달로 그다지 많이 걷지 않아도 가고 싶은 곳은 어디든지 손쉽게 갈 수 있고, 심지어 마우스 클릭 한번으로 원하는 물건을 받아볼 수 있는 시대가 되었다.

거의 몸을 움직이지 않아도 되는 세상이 된 것이다. 장래의 인류는 몸과 다리가 퇴보한 너머지 머리와 생식기만이 기형적으로 발달할 것이라는 예측도 터무니없는 것만은 아닌 것 같다.

원시 시대 사람들은 먹고사는 양식을 얻기 위해 그야말로 들짐승처럼 산과 들을 헤매고 다녀야만 했다. 목숨을 걸고 있는 힘을 다해 사냥을 해야만 했다.

혹자는 '자연으로 돌아가라', '원시 시대로 돌아가라'고 말하기도 하지만 여기까지 발달해 온 문명을 돌이킬 수도 없는 노릇이며, 또 그럴 필요도 없을 것이다. 요가의 자세 가운데는 야생동물의 움직임을 모방한 것들이 많은데, 이것도 역시 원시 회귀의 방법 중 하나인 것이다. 인간도 동물의 일종이기 때문에 식물인간이 되지 않기 위해서라도 사지의 말단에 이르기까지 원활하게 움직이도록 하는 것이 유익하다.

인간은 게으른 버릇이 생기면 안이한 쪽으로 금방 흘러가기 쉽다. 몸을 그다지 움직이지 않는 생활을 계속하고 있노라면 더욱 더 움직이는 일을 지겨워하게 된다. 그리고 마지막에는 비만과 심장발작으로 숨이 넘어갈지도 모를 일이다.

　마음껏 다 토해냈을 때의 상쾌함을 알고 있는 사람은 결코 게을러지지 않는다. 젊은 여자들을 중심으로 유행하고 있는 에어로빅댄스 같은 체조 사업도 실은 내보내는 일의 상쾌함을 상품으로 만들어 판매하고 있는 것에 불과하다.

　지금 좌절하고 있는 사람, 고민을 안고 있는 사람은 현실의 집착을 잠시 잊고 '내보내는 일'과 '베푸는 일'을 철저히 실천해 보는 것이 어떨까? 그런 뒤에는 명예든 부든 자기에게 자연스럽게 들어오게 될 것이다.

19. 전체식은 정력적인 사람을 만든다

요가에서 권하는 식사 습관을 이 장에서는 한번 소개해 보고자 한다. 아마도 스태미너를 필요로 하는 사람이라면 꼼꼼이 읽어둘 필요가 있을 것이다.

요가 행법의 하나로 '프라나야마'라는 것이 있다. '프라나'는 기(氣)라고도 하며 생명의 원천으로 볼 수 있다. '프라나야마'란 기(氣), 즉 생명의 원천을 받아들이는 것을 말한다. '프라나야마'에는 호흡법과 음식 섭취법이 있는데, 여기서는 음식 섭취법에 대해 설명하기로 한다.

요가에서는 우리가 생존해 나갈 수 있는 까닭은 다른 생명을 먹기 때문이라고 설명한다. 죽은 것, 그러니까 가공식품은 이런 점에서 볼 때 별로 의미가 없는 것이다. 그러니 다른 생명을 먹는 일에 대한 감사하는 마음을 갖기 바란다.

다른 생명을 먹는 데는 통째로 섭취하는 것이 바른 방법이다. 고기든 야채든 생선이든 통째로 먹어야 밸런스가 제대로 잡히게 된다. 강한 생명력을 먹음으로서 자신의 생명력도 높아진다. 쌀도 백미보다는 현미가 생명력이 강하다. '박(粕)'이라는 글자는 흰쌀이란 뜻인데 즉 흰쌀은 쌀의 찌꺼기와 다름없는 것이다.

곧잘 자연식주의자들이나 채식주의자들은 육식은 안 된다고 말하지만 육식이라도 통째로 전체를 먹으면 밸런스가 무너지지 않는다. 만일 육식이 몸에 좋지 않다면, 육식 동물은 평생 병을 갖고 있다는 뜻인데, 사실은 전혀 그렇지가 않다. 사자와 같은 육식 동물은 먹이를 잡으면 통째로 먹기 때문에 아무런 질병도 걸리지 않는다.

요가란 밸런스를 뜻한다. 식사에 있어서도 가장 중요한 것은 밸런스이다. 따라서 한 가지 물건 전체야말로 밸런스를 잡는 데 있어서 가장 중요한 것이 된다.

전체를 먹어도 과식이 안 되는 이상식, 그것은 식물의 씨앗이다. 식물의 씨앗에는 이제부터 뻗으려는 생명력이 가득 차 있기 때문에 건강식으로는 최고의 것이라 할 수 있다. 현미, 콩, 나무열매, 깨 같은 것도 매우 강한 생명력을 갖고 있다.

밀교식(密教食), 선인식(仙人食)이 이러한 오곡 중심의 것임은 말할 나위가 없다. 초능력을 개발하고 갈고 닦기 위해서는 강한 생명력이 필요한 것이다.

이러한 음식물들을 섭취함으로써 생명력을 자기 몸 속에 받아들이고 자기 것으로 만들 수 있다.

흔히들 잡식동물은 강하다고 한다. 인간이 다른 동물을 지배하고 있는 것은 물론 머리가 좋은 점도 있겠지만 '잡식성'이라는 점에 그 이유가 있다고 볼 수 있다. 인간만큼 아무것이나 가리지 않고 잘 먹는 동물은 없다.

나는 OMRON에 근무하던 시절 3년 동안 홍콩에 주재하고 있었다. 그때 본 홍콩 사람들의 식생활은 매우 탐욕스러울 뿐만 아니라 굉장한 것이었다.

특히 광동 출신의 중국 사람들은 네 발이 달린 거라면 책상, 날개가 달린 거라면 비행기 말고는 무엇이든 먹어치운다고 할 정도였다.

세계의 모든 도시에 차이나타운이 있고, 화교라고 불리우는 사람들이 맹활약을 하고 있는 것도 이해가 된다.

인간의 이빨은 모두 32개가 있지만 가장 수가 많은 것이 어금니로 곡물을 빻는 절구 역할을 한다. 그 다음에 많은 것이 야채의 섬유질을 자르기 위한 앞니, 그리고 이 아래 모두 4개의 송곳니, 즉 고기를 물어뜯기 위한 이빨이 있다.

곡물, 야채, 동물성 단백질류를 이 이빨의 수에 비례해서 먹을 때 가장 밸런스 잡힌 식사가 된다고 한다.

이와 같이 하나하나의 일에 깊은 의미를 두고 소리 없는 목소리에 귀를 기울이는 훈련을 가리켜 '명상'이라고 부른다. 모든 가르침은 자신의 내부에 있는 것이다.

오키 도장에서는 식사 전 다짐을 하는데, 자신의 내부에 있는 지혜로 자신에게 필요한 것을 받아들이고 불필요하고 부적당한 것은 말끔히 내보내자고 되풀이해서 외우고 있다.

그 '자신의 내부에 있는 지혜'를 닦는 것, 이것은 우리들 모두가 가져야 할 성공의 열쇠이기도 하다. 그리고 내부의 지혜가 가르치는 데 따라서 폭넓게 밸런스 잡힌 생활을 하는 것이 가장 이상적인 생활 습관이다. 이렇게 밸런스 잡힌 사람이 건강해지는 것은 당연한 일이고, 남보다 정력적인 에너지를 쏟으며 성공하게 되는 것 역시 당연한 결과이다.

이것에 대해서는 다음 장에서 좀더 부연하여 설명하기로 한다.

20. 밸런스를 잡아야 발전한다

요가는 밸런스의 철학이고, 밸런스를 가르친 동양의 음양철학이야말로 요가의 진수 바로 그것이라 할 수 있다.

중국의 역(易)에서 음(陰)은 달을 나타내고 양(陽)은 태양을 나타낸다. 역(易)이라는 글자 역시 해와 달로 이루어져 있음을 알 수 있다.

대표적 요가인 하타 요가(체조 요가)에서도 밸런스를 잡는 일이 중요시되고 있다.

앞으로 기운 자세가 계속되면 뒤로 젖히고, 서는 자세가 계속되면 물구나무서기를 하는 것이다. 몸의 편중된 사용법이 병을 일으키게 하고 마음의 편중이 고민을 낳게 한다.

평소 밸런스를 취하면서 편중되지 않도록 수정해 나감으로써 '카르마(업)'를 깎는 것이 요가의 목적이다. '아카르마(카르마를 깎아 내는 것)'에의 길이야말로 해탈에 이르는 지름길이다.

음에는 음기, 차가움, 축축함, 어두움, 차분함, 원심성(遠心性) 등의 이미지가 있고, 색으로 말하면 보라색에 가까운 청색이다.

음식물에서 예를 든다면 지상 위로, 그러니까 지구의 중심에서 밖으로 향해 뻗어 나가는 원심성이 강한 것은 음성의 음식물이다. 예를 든다면 토마토, 가지, 오이, 수박, 바나나, 파인애플 등 등…….

이것들의 특징으로는 여름철에 열리거나 열대성 기후 지역에서 열린다는 점이다. 대자연의 이치는 오묘하여 더운 계절이나 더운 지역에서 얻어지는 이들 음성 식물을 섭취함으로써 몸을 적당히 식혀 주는 결과를 얻게 된다.

이와 반대로 양성은 밝고 명랑하고 뜨겁다는 이미지가 있다. 색으로 말한다면 빨강색으로 대표된다. 지구의 중심으로 향하는 구심성(求心性)이 강한 식물인 무, 당근, 우엉 같은 것은 양성의 성질을 갖고 있고, 알맹이가 단단한 종자 따위는 모두 양성의 것이다.

근채류를 삶아서 먹게 된 옛사람들의 지혜는 매우 이치에 맞는 일이라 하겠다. 왜냐하면 그것으로 몸을 덥게 할 수 있었기 때문이다.

어린아이는 본래 양성이기 때문에 양성인 음식, 예를 들면 당근 같은 것은 싫어한다. 젊은 여성들이 살을 빼려고 샐러드 같은 음성인 것만 먹으면 몸에 냉증이 생기는 것도 이러한 이유에서이다. 그냥 가만히 있어도 몸이 찬 환자에게 과일을 준다는 것은 빨리 죽으라는 말이나 다름없는 것이다. 조심할 일이다.

그러나 음과 양의 어느 쪽이 좋고 어느 쪽이 나쁘다고 단적으로 말할 수는 없다. 밸런스를 잡는 것이 가장 중요한 일이다.

우리는 매스컴이 만들어낸 유행에 약한 탓에 무슨 무슨 건강법이 좋다고 하면 너도 나도 그것에 휩쓸린다. 한때 물 마시기 건강법이 유행했던 적이 있다. 어떤 사람에게는 효과가 있을지 몰라도 다른 사람에게는 역효과를 줄 수도 있다. 만약 음성 체질인 사람에게 물을 날마다 한 되씩이나 마시게 한다면 결과는 더욱 나빠질 뿐이다.

또한 같은 사람이라 할지라도 때와 장소에 따라서 그 효과가 달라진다. 시시각각 변화하고 있는 것이 대자연의 모습인 까닭이다.

대자연이 변화하는 모습을 해명하려고 한 것이 중국 태고의 지혜, 즉 역(易)이다. 『역경(易經)』을 영어로 옮기면 'Book of Change(변화의 책)'가 된다.

부처님이 설파한 제행무상(諸行無常)이란 뜻도 실은 이 세상에서 항상 같은 것은 없다는 뜻이다. 즉 대자연의 변화를 말한 것이었다. 그런데 언제부터 잘못 쓰였는지 몰라도 세상은 덧없다는 뜻으로 통하고 있다. 본래의 불교는 그처럼 공허한 것을 가르치지 않는다. 부처님의 가르침은 처음부터 끝까지 생명의 찬가이다.

식양법(食養法)의 원조인 S선생의 표현에 의하면 양은 상향성인 △으로 나타내고, 음은 하향성인 ▽으로 나타낸다. 그리고 음

양의 밸런스가 잡힌 모양은 세모꼴 두 개로 된 육망성(六芒星)이고,
별칭 '다비드의 별'이라고 부르고 있다.

오키 선생도 S선생의 영향을 깊게 받고 있으며, 오키 요가의 심
볼도 이 삼각형 두 개(△▽)를 포갠 별 모양(☆)이 쓰여지고 있다.

양의 상징인 남자와 음의 상징인 여자가 합일해야만 비로소 새
로운 생명이 탄생하게 된다. 음양의 밸런스가 잡힐 때 모든 일은 조
화롭게 발전해 나간다.

21. 자연스럽게 살아가라

밸런스를 잡는 것을 아주 중요하다. '하타 요가'의 '하타'라는 것은 음양을 뜻한다. 음(▽)과 양(△)의 밸런스가 완벽히 잡힌 상태가 최고의 경지인 것이다.

'중용(中庸)'도 같은 의미다. '～가 아니면 안 된다'는 것은 편중된 사고이다. 현미식이 아니면 절대 안 된다고 주장하는 채식주의자도 있지만 이것 역시 편견에 불과하다.

어떤 이름난 채식주의자가 강연회 단상에서 갑자기 코피를 흘리고 쓰러졌다는 웃지 못할 일화도 있다. 후에 그가 변명하길 강연에 앞서서 생선 초밥을 하나 먹었다는 것이었다. 겨우 초밥 하나 정도의 쇼크로 쓰러진대서야 웃음거리가 될 밖에…….

낮에 깨어 있는 동안엔 전력투구하도록 하고 밤에는 곤하게 잔다. 오른손만 쓴다면 왼손도 써 본다. 앞으로 기우는 자세라면 뒤로 젖혀 보기도 한다. 앉아서만 일하는 사람은 걸어다녀 보기도 한다. 이런 식으로 밸런스를 잡아감으로써 생명의 작용이 높아져 간다.

요가에는 72개의 도문(道門)이 있다고 한다. 그런데 우리에게 가장 익숙해진 것이 앞서 말한 하타 요가 ― 몸을 뒤트는 포즈로 유명한 ― 인데, 별칭 '체조 요가' 라고 부르는 것이다.

오해가 없도록 덧붙이고 싶은 것은 하타 요가는 단지 요가의 일부분에 불과하며 입문에 지나지 않는다는 점이다. 물론 하타 요가를 하면 건강을 얻을 수 있고, 아름다워지기도 한다. 그렇지만 그것이 본래의 목적은 아니다.

요가의 궁극적 목적은 신인합일(神人合一)이며, 명상을 통해서 사로잡히거나 집착하거나 걸릴 것이 없는 해탈의 경지를 향해 정진하는 것이다.

요가는 일반적으로는 8단계, 또는 10단계로 나뉜다. 그리고 모든 단계에서 일관되는 것은 밸런스를 잡는 일이다.

요가의 제3단계, 즉 프라나야마법 가운데 음식 섭취법이 가장 밸런스 잡기를 가장 잘 설명하고 있기 때문에 자주 예로 들어지고 있다. 전체를 먹는 식사법인 '전체식' 에 대해서는 앞에서 이야기한 대로다.

S선생이 강조하는 것 중에 '신토불이(身土不二)' 가 있다. 인간의 몸과 흙은 끊을래야 끊을 수 없는 관계이며, 인간은 언젠가는 흙으

로 돌아간다는 뜻이다. 그래서 먹는 것도 10리 사방에 열리는 것을 먹으라고 가르친다.

세계의 장수자들은 일반적으로 외계와의 교류가 적은 장수촌에서 살고 있고, 먹는 것은 그 마을에서 나는 것을 주로 먹고 있다. 그 땅에 뿌리 내린 것이라면 그 고장의 기후에 맞는 음식이기 때문에 대자연의 법칙에 따른 밸런스가 잘 잡힌 것이라 할 수 있다.

물론 그저 단순히 오래 산다는 것은 문제가 있겠지만 적어도 뭔가 의미 있는 삶을 살고자 한다면 건강과 장수는 기본적인 조건이 되며, 이것은 모든 인간의 공통된 소원일 것이다.

문명이 진보하면 할수록 물질적으로 넉넉해지고 생활이 편리해진다. 오늘날에 와서는 '신토불이'는커녕 전세계의 먹을 것을 계절에 상관없이 먹을 수 있게 되었다. 때문에 자연의 밸런스가 무너지고 몸에 이상이 온 사람이 늘었다. 그렇다고 해서 현대 문명을 부정하는 것은 아니다. 이 풍요로운 사회를 즐기면서 대자연의 법칙에 되도록 거스르지 않는 생활을 해 나가야 한다는 것이다.

대자연의 법칙이란 제행무상(諸行無常)이며, 제법무아(諸法無我)이고, 열반적정(涅槃寂靜)이다. 오키 요가식으로 말한다면 쉴 새 없이 변화하면서 밸런스를 잡아 안정되어 있는 것이다.

몸을 움직이는 법, 식사하는 법, 생각하는 법, 느끼는 법, 모든 것에 걸쳐서 한 곳에 고정시키는 일이 없도록 항상 신선한 자극을 주면서 생활을 흐림이 없도록 해 나가는 것 - 이것이야말로 대자연의 법칙에 적응하면서 사는 비법이다.

슬플 때 웃고 괴로울 때 기쁜 척 해 보인다. 특히 그날 그날의 현상에 따라 생기는 감정대로 흐르지 말고 그때마다 밸런스를 잡아나감으로써 호르몬도 혈액순환도 소화흡수도 잘 정돈되는 것이다.

건강장수의 대도(大道)는 어느 쪽으로도 치우치지 않는 한가운데에 있다.

22. 숨은 즐겁게 들이마시고 내쉰다

슬플 때는 마음껏 즐거운 웃음의 호흡으로 바꾸고,
일이 잘 풀리지 않을 때는
희망에 빛날 때의 깊고 긴 호흡으로 바꿔보도록 하자

태어날 때부터 갖춰져 있는 신경을 후천적으로 굵게 할 수 있을까? 분명히 할 수 있다. 그 비결은 호흡에 있다.

인간의 마음과 몸을 이어 주는 것이 신경 계통이다. 마음에 불안이나 걱정이 있을 때는 심장이 두근거리고 손에 땀이 나고 위나 장이 따끔거리고 아파 온다. 그와 반대로 몹시 즐거운 일이나 마음이 들떠 있을 때는 저절로 콧노래가 나오고 몸이 가볍게 느껴진다. 이러한 반응은 자율신경을 통해서 이루어진다.

그런데 너무나도 감정적으로 빠져든 상태가 오래 계속되면 자율신경의 기능이 잘못 되어서 원상으로 돌아가지 않게 된다. 이 상태를 '자율신경실조증'이라고 부른다. 바쁘게 뛰는 현대인들 중 대부분이 이 증상에 시달리고 있다.

불면, 초조감, 두통, 어깨결림, 피로감, 나른함 등, 병 같지도 않은 병에 괴로움을 당하고 있는 사람들이 의외로 많다. 그런 상태일 때 인간이 본래 갖고 있는 능력은 억압을 받게 돼 제대로 실력을 발휘하지 못하게 된다. 자기충족감을 얻지 못해 더욱 더 스트레스는 쌓여 가고, 그것이 극에 달하면 돌연사로 이어진다. 40대 사망률 증가의 원인이 되는 것이기도 하다.

앞서 호흡법으로 신경을 굵게 할 수 있다고 하였는데, 그 비밀을 밝혀 보기로 하자.

모두들 알고 있는 바와 같이 호흡 기능을 다스리는 것은 폐이다. 폐는 내장의 하나로 우리가 의식하지 않아도 자율신경에 의해 자동적으로 움직인다. 우리가 슬퍼할 때는 매우 얕은 호흡이 되고 화를 낼 때는 몹시 거친 호흡이 된다. 괴로울 때 한숨을 쉬는 것도 바로 이 자율신경의 작용이다. 즐겁게 노래하고 있을 때의 호흡은 길고 깊다. 호흡은 이처럼 그냥 내버려두면 자기 자신의 감정대로 컨트롤된다.

이제 심호흡을 해 보도록 하자. 심호흡을 계속하고 있노라면 어느덧 마음도 차분해진다. 그때는 혈압도 정상이 되고 맥박도 바로 잡히는 것이다. 그러니까 의식적으로 호흡을 바꿔줌으로써 심신을 컨트롤할 수 있게 되는 것이다.

이미 눈치 챘겠지만, 의식적으로 컨트롤할 수 있는 유일한 내부 기관이 폐이다. 따라서 호흡을 항상 의식적으로 바꿔감으로써 기분이나 몸의 컨디션을 최적으로 조절할 수 있다.

슬플 때는 마음껏 즐거운 웃음의 호흡으로 바꾸고, 일이 잘 풀리지 않을 때는 희망으로 빛날 때의 깊고 긴 호흡으로 바꿔보도록 하자.

외부 환경에 좌우된대서야 어찌 꿈의 실현이나 성공을 바랄 수 있겠는가! 어떤 사태가 벌어져도 자기 자신의 지배자 자리를 잃지 않는 것, 이것이야말로 성공 철학의 핵심이다. 자신의 마음 속에 왕국을 세우고 자기 자신의 지배자가 되어야만 비로소 자유로워지는 것이다.

자기를 일으켜줄 사람은 결국 자신뿐이다. 이 확고한 결론은 내가 필사적인 투병생활에서 얻은 체험이다.

의사도 종교가도 선지자도 결코 우리를 구원해 주지 않는다. 남에게 의존하는 마음을 버렸을 때 비로소 구원받을 자격이 주어진다. 운명의 모든 원인과 결과는 자기 자신에게 있다. 그렇게 생각한다면 어떻게 불평불만이 생겨나겠는가?

모든 것을 감사와 환희로 돌릴 수 있는 사람은 속박을 끊은 사람이다. 그러한 사람은 어떤 인생의 고난이나 스트레스도 견뎌내는 심신이 이미 갖추어져 있게 된다. 강한 사람이란 어깨를 펴고 목에 힘을 주고 있는 사람이 아니라 물처럼 유연하고 환경에 대한 적응력이 강한 사람을 말한다.

항상 웃고 있을 때처럼 깊은 호흡으로 신경을 단련하고, 쇼크에 강해지고 쇼크마저 자신의 건강에 이롭게 만드는 노력이 필요하다.

23. 호흡을 바꿔 정신을 집중하라

산다는 것은 곧 숨을 쉰다는 것이다

호흡이야말로 삶의 원천이다

왜냐하면, 인간의 마음과 몸을 이어 주는 열쇠가 곧 호흡이기 때문이다. 또한 마음과 몸을 통일했을 때 비로소 최대한의 능력이 발휘된다.

통일의 반대는 분열이다. 분열된 마음으로 일을 하게 되면 쉬운 일을 해도 매우 피로해진다. 같은 일이라도 마지못해서 하는 것과 스스로 좋아서 하는 것은 하늘과 땅만큼 차이가 난다. 의무감으로 하는 일에는 정신이 집중되지 않는다. 마음이 내키지 않기 때문이다. 스스로 좋아서 동기를 부여한 일이라면 침식을 잊고 열중할 수 있을 것이다.

정신이 집중된다는 것은 호흡과 관계가 있다.

정신이 집중되어 있을 때는 깊고 긴 호흡을 자연스럽게 하고 있지만, 이와 반대로 마음이 안 내킬 때는 호흡이 얕아진다. 따라서 전신에 산소가 부족하게 돼 몸도 산성화될 뿐만 아니라 안절부절못하게 된다. 이때 몸의 자동조절 기능이 작동돼 한숨이 나오게 되는 것이다.

이처럼 상황에 따라서 우리는 저절로 호흡하는 방법을 바꿔가는 것이다. 우리의 몸은 참으로 편리하게 되어 있다. 감탄하지 않을 수 없을 정도로…….

앞에서 마음과 몸을 통일해서 씀으로써 비로소 능력을 발휘할 수 있다고 말했다. 우리들의 마음과 몸을 잇고 있는 것은 신경계이다. 신경계는 크게 나눠서 자기 의지와 뜻대로 되는 '수의신경'과 자신의 의지와는 관계없이 작용하고 있는 '자율신경'이 있다.

예를 들면 깨어 있을 때 손이나 발을 움직이는 것은 자유롭게 자기 의지대로 할 수 있다. 그런데 심장이나 위장 등 내장은 자기 의지와는 전혀 상관없이 작용하고 있으며, 우리가 잠들어 있을 때도 그 활동을 멈추지 않는다. 잠이 들어 있어도 제대로 호흡이 이루어지며 소화 흡수가 잘 되고 있다는 점은 고마운 일이 아닐 수 없다.

이것은 잠재 의식의 작용이다. 그러니까 내장은 모두 잠재 의식에 의해서 자율신경을 통해 움직이고 있다고 생각해도 좋을 것이다. 최근 '테크노스트레스'라고 해서 직장의 OA화가 보편화되고 어쩐지 컨디션이 나쁘다고 말하는 사람이 늘고 있는데, 이것은 자율신경의 작용이 잘못된 탓이다. 자율신경실조증이라 불리는 이것은 무서운 현대병 중 하나이다.

어깨결림, 불면, 안절부절, 식욕 부진 따위는 의사한테 보여도 확실한 원인을 밝힐 수 없는 것이 특징이며, 약을 먹어도 그 순간만 효과가 있을 뿐이다. 나 역시 그러한 증상에 고통을 받았었다. 그것을 극복하는 데는 호흡 개선 이상의 것이 없다. 왜냐하면 폐(肺)라는 장기만이 자율신경에 위해 자동적으로 움직이고 있으면서도 의지의 힘으로도 컨트롤이 가능하기 때문이다. 그러니까 숨을 멈추는 것도 자유롭게 할 수 있는 것이다.

인도의 요기들이 어떻게 심장을 일시적으로 멈추고 흙 속에 며칠씩 파묻히거나, 자신의 맥박을 자유자재로 컨트롤할 수 있을까? 그것은 호흡을 컨트롤하고, 폐를 마음대로 움직이고, 그리고 폐와 이어져 있는 다른 내장을 자율신경을 써서 컨트롤할 수 있기 때문이다. 깊고, 길게, 천천히 리드미컬한 호흡을 계속하고 있노라면 심신이 모두 안정되어 간다. 산다는 것은 곧 숨을 쉰다는 것이다. 호흡이야말로 삶의 원천이다.

인간은 먹을 것이나 물이 없더라도 며칠 동안은 견딜 수 있지만, 단 몇분 동안이라도 호흡을 하지 못하면 죽어 버리고 만다. 호흡은 이처럼 가장 중요한 생명작용이면서 그다지 관심을 끌지 못하는 것이기도 하다. 위에서 언급했던 리드미컬한 호흡은 건강과 정신력을 기르는 데 도움이 됐으면 됐지 손해는 없으니 한번쯤 시험해 보기를 바란다.

24. 호흡 속에는 생명의 비밀이 있다

'웃으면 복이 들어온다' 는 말이 있다. 웃고 있을 때의 호흡은 이상적이며 깊고 힘이 들어간다. 배를 끌어안고 웃는 것 같은, 뱃속으로부터 하는 호흡법이 가장 바람직한 복식호흡이라 할 수 있다. 이를 다른 말로 단전호흡이라고 한다. 인도에서는 '우디아나(신의 자리)' 라고 부르는데, 생명력의 중심이라는 의미이다.

선(禪)의 호흡법이란 이처럼 웃고 있을 때의 호흡을 조용히 길게 계속한 상태가 완전해지는 것을 말한다. 호흡이란 한자 그대로 먼저 내뱉는 일에 집중하는 것이다. 내뱉으면 그 뒤에는 내버려둬도 저절로 들어오게 마련이다.

대자연의 법칙에 따라 살아나가고 번영해 나가는 방법은 아무래도 내보내는 데 있는 것 같다.

건강을 유지하기 위해선 '어떤 식사를 하는 것이 좋을까' 하고 궁리하는 것보다는 '몸 안에 고여 있는 독을 어떻게 내보낼까' 에

신경 쓰는 편이 훨씬 나을 것이다. 야생동물들은 병들거나 상처가 났을 때 아무것도 먹지 않는데, 이는 내장을 쉬게 하는 본능을 갖고 있기 때문이다.

변비는 만병의 근원이다. 아무리 몸에 좋다는 음식을 많이 먹어도 변비가 있다면 위는 배설주머니가 되고 마는 것이다. 반대로 단식이 어떤 병에나 효험이 있다는 것은 단식을 체험한 여러 사람들에 의해 입증되었다.

사업을 시작해도 처음은 자본의 투자, 즉 돈을 내놓는 일부터 시작이 된다. 거기다가 고객에게 제공하는 서비스의 질과 양에 따라 회사의 존망이 결정되는 것이다.

거듭 말하거니와 이처럼 내보내면 들어오는 것이 대자연의 법칙이다. 호흡도 예외가 될 수는 없다. 호흡이란 먼저 마음껏 토해 내고 들이쉼을 의미한다.

내가 처음 오키 도장에 가서 이상하게 느낀 것은 전원이 심하게 몸을 움직이면서 '하악' 하는 발성음과 함께 숨을 내뱉는 것이었다. 강제로 숨을 내뱉음으로써 지금까지 자기도 모르는 새에 몸에 배어 있던 약한 호흡 방식을 고쳐나가고 있었던 것이다.

연습을 되풀이하여 힘있는 호흡이 저절로 나오게 되면 아무리 의사로부터 버림을 받은 난치병 환자라도 나을 수 있게 된다.

무술에 능한 사람은 상대방의 호흡을 감지한다고 한다. 상대방의 호흡을 흐트러뜨리고 빈틈을 노린다는 것이다.

전해지는 호흡법만도 여러 가지다. 여기서는 그 하나하나의 해설은 생략하지만, 기본적인 것은 철저히 다 내뱉는 것, 그리고 배로 호흡하는 것이다. 즉 호흡과 함께 배가 들먹이는 호흡을 하도록 하면 되는 것이다.

호흡은 세 가지 동작으로 생각할 수 있다. 들이마신다 → 내뱉는다 → 멈춘다. 무심코 하는 호흡의 패턴을 관찰하면 잘 알 수 있을 것이다. 몰래 상대에게 다가가서 깜짝 놀라게 하면 상대는 숨을 들이마시면서 깜짝 놀라는 것을 볼 수 있다.

특히 젊은 여성의 경우 놀랄 때 어깨를 들먹이고 숨을 단숨에 들이마신다. 그런데 갑작스럽게 놀래켜도 배짱이 든든한 사람은 금방 놀라지 않고, 만일 손에 그릇을 들었다면 떨어뜨리지 않고 천천히 그릇을 탁자 위에 내려놓은 다음, "이런 놀랐잖아!"라고 태연스레 말한다.

역도 선수가 기합을 넣으며 단숨에 역기를 들어올리는 순간에는 숨을 멈추게 된다. 짐승을 발견한 사냥꾼이 방아쇠 당길 찬스를 노리고 있을 때도 숨을 멈추고 있는 상태가 된다. 또 힘이 좋고 정력적인 사람은 콧김이 거칠다고 하지만 이것은 내뱉는 입김이 매우 세고 스피드가 있기 때문이다. 현명한 독자라면 이미 깨닫게 되었을 테지만 뭔가를 하려고 할 때는 꼭 호흡을 멈추게 되는 것이다. 이것을 '쿤바카(保息)'라고 한다.

신선한 공기를 들이마셔서 뱃속에 담고 잠시 멈춰 둔다. 그렇게 하면 몸 속 구석구석까지 힘이 넘치게 되는 것이다.

프라나야마법이란 것은 단순히 신선한 공기를 받아들이는 것만을 뜻하진 않는다. 거기다 관념의 단정을 넣어 간다. 즉 숨을 들이마시고 멈췄을 때 전신의 세포가 하나씩 소생했다고 강하게 마음속으로 다짐하는 것이다. 다짐을 하면 몸속에서 꽃이 피게 된다. 호흡과 관념의 조작을 한꺼번에 할 때, 무한한 생명력이 솟아난다.

몸 안의 노폐물, 더러워진 것들이 자꾸만 나가고 있다고 생각하면서 숨을 내뱉고 새로운 생명력, 에너지, 힘이 자꾸만 들어온다고 생각하면서 숨을 들이마시고 그 힘이 몸 안의 구석구석까지 배어들어간다고 단정한 다음 멈춘다. 그리고 이것을 시간에 맞춰 규칙적으로 되풀이한다. 기분이 한결 상쾌해지고 정신이 또렷해짐을 느끼게 될 것이다.

25. 행복과 성공의 에너지

밝은 직장에는 번영이 있고
밝은 가정에는 행복이 있고
밝은 사람에게는 건강이 깃든다

음(陰)은 달이고 양(陽)은 해이다. 달(月)과 해(日)를 모아서 '밝을 명(明)' 자, 그러니까 밝다는 뜻이 된다. 음과 양이 균형 잡힌 상태는 이처럼 밝은 것이다.

어둠은 본래 존재하지 않는다. 어둠이란 다름 아닌 음인 것이다. 어둠 속에 등불을 밝히면 금방 어둠은 사라지고 만다. 활동의 원천은 에너지이고, 에너지는 밝음을 갖고 있다. 밝은 직장에는 번영이 있고, 밝은 가정에는 행복이 있고, 밝은 사람에게는 건강이 깃든다.

아무리 실의의 구렁텅이에 빠져 있다 하더라도 마음만은 밝게 갖는 것이 필요하다.

미국에는 적극적 사고법으로 꿈을 실현하고 성공을 일궈낸 많은 사람들이 있다. 아메리칸 드림의 주인공들은 맨손으로 시작해 이름을 날리고 부를 쌓은 사람들이다. 그런데 그들 대부분을 지탱하고 있었던 것이 바로 적극적 사고법이다.

이 적극적 사고법의 원류를 더 깊이 더듬어 올라가 보면 요가 철학에 그 뿌리를 두고 있음을 발견하게 된다. 생명력을 어떻게 발현시키고, 어떻게 자유자재로 살 것인가를 몇천 년 전부터 연구해 집대성시켜 놓은 것이 바로 요가 철학이다.

히말라야의 산속 동굴 속에는 사람들을 고무하고, 사람들에게 용기를 불어넣는 암시의 말들이 고대 산스크리트어로 새겨져 있다고 한다. 그런데 그것은 모두 양기가 감도는 밝고 힘있는 것들뿐이라고 한다.

천리교의 교조 나카야마 미키는 '명랑 생활'을 역설하고 있다. 무학에 문맹이었던 시골 할머니가 하늘의 계시를 받아서 붓끝이라고 하는 자동 필기구로 그려낸 것이 바로 천리교의 경전이 되었다고 한다.

명랑하게 사는 것이야말로 신이 원하는 계율인 것이다. 어떠한 신도 어둡고 음침한 분위기는 좋아하지 않는다. 벌은 우는 아이를 쏜다. 우는소리를 하면서 매달리는 사람에게는 신도 도움을 주지 않는다. 그러나 겸허하고 감사한 마음으로 기뻐하는 사람에게는 얼마든지 은혜가 베풀어진다. 그런 사람은 굳이 신이 은혜를 베풀지 않아도 행복과 행운이 따르게 마련이다.

물이 잔잔하지 않으면 달도 비춰지지 않는다. 달은 바로 위 늘 그 자리에 있다. 수면을 잔잔하게만 하면 비춰지게 되는 것이다.

요가 수행(修行)의 안목은 이 수면처럼 물결이 이는 마음을 다스려 보름달을 완전하게 비춰 낼 수 있는 조용한 수면 같은 상태를 만드는 데 있다.

요가의 수행으로 초능력을 개발해 공중으로 떠오르거나 투시를 할 수 있다는 것은 어디까지나 부수적인 재주에 불과하다. 본래의 목적은 마음의 상태를 최고로 맑게 하는 데 있다.

마음이 안정되고 맑으면 저절로 갖가지 능력이 갖추어진다. 왜냐하면 인간에게는 본래부터 무한한 능력이 갖춰져 있기 때문이다. 마치 보름달이 맨처음부터 존재하는 것처럼.

마음에 먼지 하나 없이 깨끗한 상태를 선(禪)에서는 '명경지수(明鏡止水)'라고 표현하고 있다.

천재와 위인은 마음 한점 흐트러짐 없는 상태에서 태어난다. 먼저 명랑하게 행동하고 환경이나 외적인 조건에 의해서 자기 마음을 흐트러뜨리지 않는 강한 마음, 즉 어떤 경우에도 밝고 명랑하게 살아가는 '명랑 생활'이 필요하다.

26. 자신의 뚜렷한 이미지를 만들자

'이렇게 된다. 확실히 성공한다'는 뚜렷한 이미지를 갖는 것은
대단히 중요하다
이러한 이미지를 그리는 근원 역시 氣의 힘이다

기운(氣運), 기분(氣分), 기합(氣合), 양기(陽氣), 패기(覇氣), 원기(元氣), 용기(勇氣), 기백(氣魄)……. 우리나라에는 기(氣)에 관한 말들이 많다. 그런데 이 기(氣)야말로 대자연을 움직이고 있는 에너지의 원천이다.

합기도의 명인은 상대방에게 손을 대지 않고도 상대방을 내던진다고 하며, 나카무라 덴푸 선생은 기합으로 나는 파리를 멈추게 했다고 한다.

하늘의 기, 땅의 기, 사람의 기라고 말하듯이 우리 주의에는 기가 편재하고 있다. '참된 사람은 발뒤꿈치로 호흡한다'는 말이 있는데, 우리는 훈련에 의해서 이 우주에 가득찬 기와 일체가 될 수 있는 것이다.

인도에서는 요가, 중국에서는 선도(仙道), 한국에서는 기(氣), 일

본에서는 신도(神道)라는 말로 전해 내려오고 있으나, 氣와 일체가 되는 방법은 매우 비슷하다. 그런데 이 氣의 개념이 동양에만 존재하고 서양에는 없다는 점이 흥미롭다.

공기를 산소와 질소로 나누어 생각하는 것은 너무나도 단순하다. 특수한 호흡법을 훈련함으로써 초능력을 발휘하는 사람이 나타나는 것은 공기가 단순한 공기만은 아닌 까닭이다.

우리가 먹는 것은 말하자면 땅에서 氣를 얻기 위함이다. 그러니까 땅의 氣를 넉넉하게 담은 신선한 식품을 먹으면 건강이 유지되는 것이다. 또 맨발로 대지를 걸어다니면 매우 몸에 좋다. 맨발 요법이라는 것이 민간 요법에 있는 것도 주목할 만한 일이다.

같은 땅의 氣라고 하지만 그 지방에 따라서 분위기가 매우 다른 것이다. 발을 한발 들여놓기만 해도 신성한 기분이 드는 교회나 사찰! 영봉이라고 불리울 정도로 저절로 경건한 마음이 들게 하는 산기슭! 또 이에 비하여 내가 회사원 시절에 3년간 파견 근무를 했던 홍콩은 돈과 부의 氣로 충만해 있는 곳이었다.

하늘의 氣, 땅의 氣, 인간의 氣가 혼연일체가 되었을 때 비로소 훌륭한 세계가 열리는 것이다. 우리를 살게 해주는 것 그것이 바로 氣이다. 사람들은 몸이 병든 것은 느껴도 氣가 병든 것은 조금도 깨닫지 못하고 있다. 그래서 약이다 주사다 수술이다 하면서 몸에 대해서만 걱정을 한다.

사업을 하는 경영자일수록 잘못을 남의 탓으로 돌리려고 하는 경향이 강하다. 환경이 좋지 않다, 돈이 없다, 좋은 인재가 없다

등등……. 기세가 있다는 것은 활력이 있다는 것이다. 리더가 기세가 부족해 약한 상태라면 어떠한 일인들 성공할 수 있겠는가? 기세의 원천은 신념이다. '이렇게 된다. 확실히 성공한다'는 뚜렷한 이미지를 갖는 것은 대단히 중요하다. 이러한 이미지를 그리는 근원 역시 氣의 힘이다.

심신통일을 요체로 하는 합기도의 보급과 氣 연구 모임으로 전 세계를 뛰어다니며 활약 중인 후지히라 선생은 심신통일의 4대 원칙을 다음 네 가지로 들고 있다.

① 마음을 가라앉히고 심신을 집중한다.
② 전신의 힘을 완전히 풀어버린다.
③ 신체 모든 부분의 무게를 맨 아래 둔다.
④ 기를 내보낸다.

일단 두 사람이 짝이 되어 실험해 보기 바란다. 한 사람은 선 자세, 또 한 사람은 그 사람의 뒤에 서서 안아 올리려고 한다. 우선 맨 먼저 안기는 사람은 들어올려지지 않으려고 되도록 몸에 힘을 준다. 그리고 다음에는 위에서 말한 4대 원칙 가운데 어느 것 하나를 해 보는 것이다.

여기서 그 방법에 대해 좀더 설명하기로 한다. ①에서 집중하는 곳은 배꼽 바로 아래이다. 그곳에 마음을 둔다는 이미지만으로 ①

은 완성된다. ②의 전신의 힘을 뽑는 것은 양손을 흔들면서 숨을 힘껏 훅 내뱉기만 하면 되는 것이다. ③을 위해서는 자기 발 밑에 뿌리가 돋아나 튼튼하게 서 있다는 암시를 거는 방법이 효과적이다. ④는 간단하다. 전신에서 빛이 환히 나타나는 것을 상상만 하면 된다.

실제 실험 결과는? 심신이 통일된 상태 쪽이 올려지지 않으려고 힘을 줬을 때보다도 더 묵직하게 느껴졌을 것이다. 주정뱅이가 땅에 굴러도 상처가 잘 나지 않는 이유는 전신의 힘이 완전히 빠진 상태, 즉 이완상태이기 때문이다.

이번에는 오링이라는 실험을 해보자. 한 사람이 엄지와 검지로 동그라미 모양을 만든다. 또 한 사람이 그 동그라미에 양손으로 벌리려고 한다. 있는 힘을 다해서 벌리지 못하게 하려고 힘을 주는 것과 어깨의 힘을 빼고 맨 처음부터 그 동그라미가 달라붙어 있다고 생각하는 방법을 비교해 보자. 후자가 훨씬 더 벌리기 어렵다는 것을 알게 될 것이다.

마지막으로 한 가지! 한 사람이 서서 한쪽 팔을 앞으로 뻗는다. 또 한 사람이 그 사람과 마주보고 서서 상대편이 뻗은 팔을 마치 나무막대를 둘러메듯 어깨에 올려놓는다. 그리고 팔의 관절 있는 데다 양손을 걸고 팔이 굽혀지는 쪽으로 힘을 주어 굽힌다. 그때 상대방은 절대로 굽혀지지 않으려고 주먹을 꽉 쥐면서 견딘다. 다음에는 팔이 굽혀지는 쪽의 사람이 아랫배 한 곳에 氣를 가라앉히고 팔도 똑바로 손가락 끝까지 뻗고 그 손에서 광선이 아득히 먼 곳까지 나간다고 상상하는 것이다. 물론 전신의 힘을 빼고 이완된 상태를 유지한다.

자아, 어떨까? 후자 쪽이 훨씬 굽히기 어렵다는 것을 알 수 있을 것이다. 힘을 준다는 것은 힘이 들어가 있는 것 같으면서 필요 없는 에너지를 쓰고 있는 것이다. 이미지가 몸을 움직이게 하는데, 이 이상한 힘을 氣라고 한다. 항상 氣를 내는 연습을 쌓음으로써 이완된 상태에서 에너지를 효과적으로 쓸 수 있다.

27. 결과가 좋지 못한 진실은 없다

유명한 감독 S씨가 현역 시절에 슬럼프에 빠져 있었을 때의 흥미로운 이야기가 있다.

명 쇼트라는 말을 듣던 그가 슬럼프에 빠져 있을 때의 쓸쓸함은 이루 말할 수가 없었다. 겉으로 내색은 못했지만 공이 자기한테 날아오지 말았으면 하고 비는 마음이었다고 한다. 그런데 초조해지면 초조해질수록 더욱 공이 무서워졌다고 한다. 악순환이란 이런 상태를 두고 하는 말일 것이다.

그런데 어느날 미국의 메이저리그 팀이 일본에 왔는데, 그 팀 가운데 한 선수가 그의 눈에 들어왔다. 처음에는 그 선수가 서툰 선수라고 생각했다. 왜냐하면 그는 아주 간단한 공이라도 하나하나 조심스럽게 잡고 있었기 때문이다. 그야말로 유리공을 다루듯이 플레이를 하고 있었다. 그런데 그것은 경기할 때나 연습할 때나 전혀 변함이 없었다. "앗! 그렇구나!" S선수는 손뼉을 쳤다. 그리고 곧바로 그 선수를 흉내냈다. 공 하나하나에 진심을 담아서 다루기 시작했더니 신기하게도 슬럼프에서 빠져 나오게 되었다는 것이다.

그리고 S씨는 이렇게 강조한다.

"어떤 선수가 공하고 싸우고 있을 때는 아직 명선수라고 말할 수 없다. 날아온 공에 애정을 담을 수 있게 되었을 때 비로소 명선수이다."

백수의 왕 사자는 토끼 한 마리를 잡아도 전력을 다해 덤벼든다. 진심이란 완벽한 마음을 뜻한다. 요가에서는 마음과 몸을 한데 모아서 쓰는 것이 능력을 향상시키고 피로하지 않게 하는 비결이라고 말한다. 우리도 우리 앞에 발생하는 하나하나의 문제에 진심과 기를 담아서 대처해야만 성공할 수 있다.

기가 빠져 있다는 것은 마음이 깨끗하지 못하다는 뜻이다.

어떤 일이든 마지못해 하게 되면 그 즉시 피로가 오게 마련이다. 그리고 그런 상태가 계속되면 차츰 차츰 몸의 상태가 나빠지고, 어딘가 약한 곳으로 병이 찾아오게 되는 것이다.

옛날에 두 사람의 석공이 있었다. 편의상 그들을 A와 B라 부르기로 한다.

어떤 사람이 석공 A에게 물었다.

"당신은 왜 그 많은 일 중에 석공 일을 하고 있는 거요?"

A가 대답했다.

"쳇, 별 쓸데없는 소리를 다 묻는군! 밥 먹기 위해선 어쩔 수 없잖소? 지겨워도 돈을 벌어야 살 거 아니요."

고개를 끄덕이며 B에 같은 질문을 하였고, B는 대답했다.

"나는 내 손길이 가는 건물이 완성되는 것을 매우 자랑스럽게 생각하고 있습니다. 아마도 세계에서 가장 이름난 건축물로 남을 게 틀림없습니다. 나는 이 일을 무척 좋아합니다."

A와 B, 과연 어느 쪽이 먼저 성공하고 부자가 될 수 있었을까? 생각해 보지 않아도 B였다는 것을 알 수 있을 것이다.

언젠가 내가 강사를 맡고 있는 요가 강습회에서 이런 일을 실험해 본 적이 있다.

요가 동작에서 '하늘찌르기'란 포즈가 있다. 선 자세에서 양팔과 양다리를 굽히고 몸을 쭈그린 다음 숨을 단숨에 내뱉으면서 하늘을 찌르듯이 양팔과 양다리를 뻗는데, 이것을 몇 번이고 되풀이하는 부드러운 체조이다.

맨 처음 두세 번 연습을 하고, 그 뒤를 이어서 전원이 하도록 하였다. 열 번쯤 지나서 전원의 호흡이 맞고 리드미컬해졌을 무렵에 "자, 앞으로 천 번입니다."라고 말했더니 "어이쿠!"하고 전원이 피로를 느끼는 것이었다. 마음먹기에 따라서 이렇게 달라질 줄이야! 앞으로 천 번이라는 말을 듣는 순간 큰일났다는 이미지가 머리 속을 맴돌아 즉시 피로를 느끼게 된 것이다.

이처럼 이미지가 현실의 세계와 상상의 세계를 자주 혼동시킨다. 괴롭고 싫은 일이라고 생각하면 처음부터 피곤해지는 것이다. 그러나 같은 내용이라도 하면 할수록 이익이 된다고 생각하면 기쁜 마음으로 할 수 있게 된다.

한 번이라도 산에 올라본 사람이라면 잘 알 일이지만 오를 때는 몹시 괴롭다. 어째서 이런 짓을 하지 않으면 안 되는가 하는 생각도 들 수 있다. 그러나 고생 끝에 정상에 올랐을 때의 그 상쾌함, 그 이미지가 등산가의 머리 속에는 뚜렷하게 새겨져 있다. 때문에 괴로움을 참고 묵묵히 산에 오르는 것이다.

단식하다 죽을지도 모른다는 공포감을 느끼는 사람은 절대로 단식을 하지 말아야 한다. 또한 절박한 기분, 지푸라기라도 붙잡아야 한다는 기분으로는 단식 같은 것을 하지 말아야 한다. 그러나 기사회생의 비법이라는 것을 믿을 뿐만 아니라 즐기면서 할 수 있다는 확신이 서는 사람이라면 반드시 좋은 효과를 거둘 수 있다.

세상 모든 일은 마음먹기에 따라서 결과가 180도 달라진다. 지금 직면한 운명에 진심을 가지고 적극적으로 맞서 가는 것과 불평불만을 가지고 회피하려고 하는 것과는 하늘과 땅의 차이가 있다.

'인생은 마음먹기에 달려 있다' 라는 말은 그대로가 진리이다. 진심을 담아서 모든 일에 부딪치도록 해야만 한다. 적이라고 생각되는 사람도 자기 편으로 만들고, 모든 일을 감사와 기쁨으로 시작할 수 있다면 인생은 행운의 연속이 될 것이다.

28. 정직한 사람이 성공한다

지성이면 감천이란 말도 있다. 정성은 완벽한 마음이다. 정성이야말로 진짜 마음인 것이다. 정성을 다하면 모든 길은 열리게 되어 있다.

일본에서 일류 경영자로 불리는 사람들의 대부분이 정성이라는 말을 인생 철학의 첫째로 꼽고 있다. 아무런 사심도 없는 줄기찬 마음이란 기백 바로 그것이며, 태산이라도 움직이는 힘을 갖고 있다. 완벽한 마음, 즉 모든 것을 쓰는 것이다.

마음은 현재 의식·잠재 의식·우주 의식의 세 가지로 구분되지만 정성을 다할 때 모든 의식을 하나로 모아 뒤흔들 수 있다.

보통 사람은 두뇌 능력의 2퍼센트 정도밖에 쓰지 못하고 있다. 아인슈타인과 같은 천재도 5퍼센트 정도밖에 쓰지 못했다고 한다. 140억 개의 뇌세포를 가지고 있으면서도 그 중 극히 일부분밖에 쓰지 못하고 있는 것이다.

대뇌생리학적 측면에서 말한다면 두뇌는 아무런 걱정도 없는 즐거운 상태일 때, 마음이 들떠 있을 때, 즉 이완되어 있을 때 최고의 성능을 발휘할 수 있다고 한다.

일상생활에서 일거수 일투족을 이렇게 살 수만 있다면 두뇌는 최고 능력을 발휘할 수 있을 것이다.

그렇다면 정직한 사람들 모두가 성공하지 못하는 현실은 어째서일까?

무엇 하나 남을 속이거나 상처 준 일 없이 착실하게 또박또박 살아왔는데 어째서 빛을 보지 못하는 것일까? 반면에 '그런 인간이!' 하고 생각될 만큼 악독한 짓을 했는데도 성공한 사람은 많다. 왜 그럴까?

여기서 말하는 본심과 양심이라는 것은 사회의 일반상식으로 말하는 선악이라는 것과는 다르다. 여기에서 중요한 것은 내부의 목소리와의 갈등이 어떤 것인가 하는 것이다.

착실하게 또박또박 살아온 착한 사람은 조그만 일에도 양심의 가책을 느낀다. 남의 의견에 금방 좌우된다. 그에 비해 그렇지 않은 사람은 남이 뭐라고 하든 전혀 신경 쓰지 않는다. 오히려 자기가 하는 일에 대해 확고한 신념을 갖고 있다. 어쩌면 사명감조차 안고 있을지도 모른다.

혹시 그렇다면, 독자 여러분은 얼마나 불공평한 세상인가라고 생각할는지도 모른다. 악이 번창하고 선이 망하는 것이 허용되다니

불합리하다고 생각할는지도 모른다.

그렇지만 안심해도 좋다. 악이 번창한 예는 인류 역사상 한 번도 없다. 왜냐하면 너무 악독한 짓을 하면 사람들로부터 빈축을 사게 되고, 사람들의 상념의 힘이 그 사람의 힘을 꺾어 결국에는 그를 망하게 하는 까닭이다. 록히드 스캔들로 사임하지 않을 수 없었던 전 일본 수상의 경우가 바로 그 좋은 예일 것이다.

그는 정상에 오르기까지 내가 하지 않으면 누가 하느냐는 기개로 굉장한 에너지를 발휘해서 사람들을 움직이고 세력을 확대해 왔었다. 그러나 스캔들이 발각되고 매스컴이 몽땅 들고일어나 폭로하고, 매일 같이 그 비리를 공박하는 바람에 드디어 실각하고 만 것이다. 날마다 신문에 그 사람의 사진이 실렸었는데, 왕년의 정력적인 인상에서는 상상조차 할 수 없었던 피로에 지친 모습이었다.

이처럼 자기 자신이 사명감에 불타오르고 남으로부터도 지지를 받을 수 있을 때, 인간은 '정성'의 길로 매진하게 되며 무한한 힘을 발휘하기 시작한다.

29. 창업하여 성공하라

개성이 발견되면 즉각 출발
거침없는 전진만이 성공을 보장하다

'하늘은 스스로 돕는 자를 돕는다.' 자기 자신이야말로 자기 자신이 의지할 곳이다. 자기 자신을 놔두고 누구에게 의지할 것인가?

동서양을 불문하고 진리는 오직 하나이다. 고령화 시대야말로 스스로 자립하는 것이 절실히 필요해지는 시대다.

기업은 퇴직금 도산 사태를 맞지 않기 위해 퇴직금 제도를 없애버릴는지도 모른다. 지금 한창 일할 나이의 사람들이 늙어서 한꺼번에 정년을 맞았을 때 어떻게 거액의 퇴직금을 지불할 수 있을 것인가? 커다란 나무 그늘처럼 느껴지는 대기업도 믿을 것이 못 된다.

기업 수명 30년이라는 속설도 있듯, 지금 번창하는 기업이 당신의 정년퇴임까지 반드시 번창하리라는 보장은 없다. 전후 학생들의 직장 선호도 변천을 보더라도 짐작할 수 있다. 섬유·설탕·제지에

서 중화학 공업으로, 다시 컴퓨터 · 전자산업 분야로 바뀌어 왔
다.

전후 초 인기 절정이었던 기업이 지금은 구조적 불황에 빠져
있다. 그러므로 인기라는 것은 장차 쇠퇴할 운명에 놓여져 있는
것에 불과하다. 예전처럼 일류대학을 나와서 대기업에 근무한다
는 공식만으로는 자기 인생이 보장되지 않는다. 더구나 그것은
매우 위험한 생각이 아닐 수 없다.

좋은 회사에 입사해서 주어진 일을 해 내는 것만으로 우리의
인생이 만족스러울까? 지금이야말로 자기가 정말 하고 싶은 일을
찾아 전력을 다해 몰두할 때가 아닐까?

지금은 남에게 의존하는 마음을 버리고 스스로 일어설 때이
다. 개성으로 사는 시대가 온 것이다.

지금 근무하는 회사가 자기를 정말로 평생 동안 살게 해 주는
곳이라고 생각하는 사람들이 도대체 몇이나 될까? 90퍼센트 이상
의 사람들이 '이대로 좋을 것일까?' 하는 의문을 가지면서도 생활
때문에 마지못해 직장에 나가고 있다는 설문 조사도 있다. 특히
대기업에서 일하는 사람일수록 그런 생각이 강한 것으로 나타났
다.

의사 결정이 많은 사람들의 합의에 의해 이루어지는 일본 기
업에서 개인의 권한은 극단적으로 좁아졌다. 따라서 자신의 의사
를 나타내기 위해 서류를 만들고 파일을 늘려 가는 것이 중요한
일이 되어 버렸다. 꼭 필요한 일을 하는 시간보다 불필요한 일에

매달리는 시간이 많아져버린 것이다.

　기업은 생물체에 비유될 수 있다. 상황에 따른 순발력의 발휘는 필수적이다. 그렇지만 덩치가 큰 기업일수록 움직임이 둔해진다. 결국엔 멸종된 맘모스와 같은 운명에 처해질 위험도 배제할 수 없다.

　내가 15년 동안 신세진 '다치이시 전기(立石電機)'의 창립자는 이것을 대기업병이라고 못박았고, 대기업병을 낫게 할 효과적인 처방전은 사원 전원이 창업자 정신으로 돌아가는 것이라고 하였다. 그러나 사원 개개인이 그다지 관여하지 않더라도 회사는 별문제 없이 잘 돌아가고 있기 때문에 그 정신이 전원에게 침투하기는 어렵다.

　사람의 습성이란 하루하루 몸에 배어 가는 것이다. 이대로 좋을까 하고 생각하면서도 매일 그대로라면 그것은 생활의 일부로 굳어져 버리고 만다.

　어릴 때 학교 선택에서부터 현재의 직장까지 자신의 의사대로 모두 결정해 온 사람이 과연 얼마나 있을까? 회사에 들어가서도 일이 주어지고 명령을 받을 뿐, 그런 생활 패턴이 몸에 밴 채, 그러니까 몇십 년씩이나 조건반사에 길들여져 있다가 정년을 맞았을 때 과연 훌쩍 궤도 수정이 가능할 것인가? 더구나 정년 후 남은 인생은 20~30년의 긴 시간인데, 이미 그때는 나라도 기업도 당신의 삶을 보장해 주지 않는다.

독립은 일찍 해야만 한다. 스스로 먹이를 찾을 수 있는 독립된 인간으로 일찌감치 변신해야만 한다.

그러기 위해서는 자기 자신에게만 있는 유일한 것, 즉 개성의 발견을 서둘러야 한다. 개성이 발견되면 즉시 출발! 거침없는 전진만이 성공을 보장하다.

30. 운명은 만들어 가는 것이다

밝고 적극적인 말만을 쓰고 있으면 좋은 운명을 끌어당기고,
어둡고 소극적인 말을 쓰면 불행을 끌어당기게 된다

자기 운명은 자신이 만드는 것이다. 건강·행복·번영의 인생을 보낼 것인가, 질병·불행·가난의 인생을 보낼 것인가 하는 것은 모두 자기 자신의 선택에 달려 있다. 즉 자업자득인 셈이다.

선인선과(善因善果) 악인악과(惡人惡果)가 대자연의 법칙이다. 아무리 사찰이나 교회에 다니면서 건강·장수·안전·번영을 기원하더라도 스스로 하루하루의 생활 속에서 좋은 씨앗을 뿌려 나가지 않으면 모두 공염불이 되고 만다.

두뇌 개발의 권위자인 시로노 선생에 따르면 인간의 뇌에는 140억 개의 뇌세포가 있고, 그 세포를 활용하면 누구나 훌륭한 인생을 살 수 있다고 한다. 그것은 천재·수재들만의 전매 특허가 아니며 뇌에 장애를 갖지 않은 보통 사람이라면 누구든지 가능하다는 것이다. 여기서 중요한 것은 현상타파·발전의 길을 택하느냐, 현상유지·쇠퇴의 길을 택하느냐 하는 것이다.

가야 할 방향, 즉 전략이 일단 정해지면 뇌는 그 방향을 향해 작용하기 시작하고 그 전략 달성을 위해서 여러 방법과 전술을 생각해 내게 된다. 그 가운데서 자기가 할 수 있는 일을 한걸음 한걸음 실천해 나가면 반드시 목표가 성취되는 것이다.

그때 열쇠가 되는 것은 남에게 의존하는 자세를 버리라는 것이다. 남에게 의존하는 자세란 남에게 기대는 마음이며, 혼탁해진 마음이다. 남에게 기대는 마음을 갖고 있는데 남이 도와주지 않는다거나 일이 잘 이루어지지 않는다는 식의 불평이 나오는 것이다.

남에게 기대는 자세에서는 아무 것도 생기지 않는다. 나오는 것은 오직 군소리와 불평불만뿐이며, 아무런 진보나 발전도 기대할 수가 없다. '어리광을 버리라!'고 하는 것은 남에게 의존하는 자세를 집어치우라는 것이며, 이 결심이 자기 자신을 구하는 지름길이 된다.

이것은 개인이나 집단조직체가 모두 마찬가지이다. 남에게 의존하는 자세의 결과로서 개인에게는 불운·가난·질병 등이 초래되며, 기업 같은 조직체에서는 불황·적자·도산 등을 맞게 된다.

우리는 자칫하면 자신의 운명을 남의 탓, 환경 탓으로 돌리고 싶어하지만, 모두가 자신이 뿌린 씨앗이었다는 것을 깨달아야 한다.

불교에서 '신·구·의(身口意)'라고 말하는 이 세 가지를 날마다 깨끗이 하도록 한다.

신(身)이란 몸을 말하며, 몸을 깨끗하게 한다는 것은 몸을 쓰는 법, 보양하는 법, 호흡하는 법, 식사하는 법을 바르게 해 나쁜 버릇이 들지 않도록 한다는 뜻이다. 요가의 자세나 프라나야법(호흡법, 식사법)을 실천하는 것도 하나의 방법이 된다.

몸을 쓰는 것 하나만 해도 중요한 일이다. 잘못 쓰면 병이 나거나 상처를 입거나 하기 때문이다. '없어도 일곱 가지 버릇은 있다'고 하듯 우리는 자신도 모르는 사이에 여러 가지 버릇을 몸에 익히고 있다.

몸을 뒤튼 채로 물건을 드는 버릇, 이빨 한쪽으로만 음식을 씹는 버릇, 늦잠을 자는 버릇, 전철을 타면 곧 오른쪽으로 가는 버릇, 금방 화를 내고 마는 버릇……

스포츠의 프로 선수쯤 되면 상당히 편중되게 몸을 혹사시키는 일이 많다. 극도로 편중된 동작의 훈련이 얼마나 생명의 힘을 감소시키고 있는지 모른다. 프로 선수는 단명한다고 말하는 것이 편중되게 몸을 쓰기 때문일 것이다. 그래서 스포츠를 하려면 온갖 운동을 다 하지 않으며 안 된다.

먹는 것으로 말하더라도 단 것을 즐겨 먹는 사람, 매운 것을 즐겨 먹는 사람, 좋아하는 것을 기호품이라고 해서 지나치게 많이 섭취하는 사람 등 가지가지다. 혹시 만성병으로 고생하는 사람이 있다면 자기가 싫어하는 것, 못 먹는 것만을 먹어 보면 어떨는지?

호흡도 얕은 호흡을 계속하고 있으면 버릇이 되어 버리고 만다.

특히 여성이 어깨를 들먹이면서 하는 얕은 호흡은 모처럼 주어진 생명력을 짓눌러 버리는 꼴이 된다. 극도로 피로했을 때 어깨로 숨을 쉰다고 말하지 않는가!

폐활량을 영어로 바이탈 캐페이시티(Vital Capacity)라고 말한다. 문자 그대로 바이탈리티(Vitality)의 원천은 호흡에 있는 것이다. 그러니까 의식적으로 깊고 긴 호흡을 하도록 해야 한다.

그리고 구(口)는 입을 말하며, 하는 말을 조심하라는 뜻이다. 말에는 엄청난 힘이 있으며, 일단 입에서 나온 말은 에너지 파동을 갖고 퍼져나간다. 밝고 적극적인 말만을 쓰고 있으면 좋은 운명을 끌어당기고, 어둡고 소극적인 말을 쓰면 불행을 끌어당기게 된다. 지금 당장 내가 하는 말을 하나하나 체크 하도록 하자. 진지하게 체크하는 것이 중요하다.

끝으로, 의(意)란 의식을 뜻하며 생각·상념·아이디어를 말한다. 어떤 말을 하는 데 있어서도, 또 행동을 하는 데 있어서도 그 이전에는 꼭 아이디어가 있을 것이다. 이 아이디어는 주물의 원형과 같은 것이다. 원형이 좋지 않으면 나오는 제품도 불량품인 것과 마찬가지로 좋은 아이디어나 상념을 가지고 있지 않으면 나오는 결과도 역시 엉뚱한 것뿐이어서 도저히 건강이나 행복이나 번영을 기대할 수가 없다. 행복한 인생을 마음속으로부터 바란다면 상념이야말로 깨끗하게 간수하도록 해야만 한다. 이 세상의 모든 일은 자업자득이다.

31. 환경을 지배하라

현재 처해 있는 환경의 지배자가 되도록 한다. 절대 환경의 노예가 되지 않도록 한다. 아무리 현재의 환경이 뜻에 맞지 않는 것이라 할지라도 자기 마음속에 똑바른 이상과 환경을 세워 두면 반드시 실현되고야 만다.

안에 있는 세계가 고르게 조화되면 외적 환경도 달라지는 것이다. 안에 있는 것은 밖에 있는 것보다 우선한다. 밖은 안의 것이 나타난 결과이다. 불행과 건강치 못한 것을 한탄하기 전에 안에 있는 마음을 고르게 하도록 해야만 한다.

안에 있는 것은 무한한 저수지로 이어져 있으므로 그 파이프가 막히지 않게 해야 한다. 아무리 성능이 좋은 전기 제품이라 할지라도 전기가 들어오지 않으면 아무 소용이 없다. 안에 있는 마음을 고르게 한다는 것은 이 파이프를 깨끗한 상태로 해두고 무한 공급을 받는다는 뜻이다.

이 파이프만 막히게 하지 않으면 얼마든지 그 혜택을 받을 수가 있다. 그 무한의 저수지는 언제나 우리에게 작용하려고 하지만 우리의 소극적인 마음과 집착 때문에 파이프가 막히게 된다.

우리의 본래 마음은 먼지 하나 없는 거울과도 같다. 현실의 모습을 비춰 주기는 하지만 집착은 하지 않는다. 거울은 우리의 얼굴 모양을 비추어 주지만 우리가 거울 앞에서 없어지면 거울 속에도 역시 우리의 얼굴 모양이 금방 없어진다. 이처럼 마음은 아무런 붙잡힘, 집착, 걸림이 없는 맑은 것이다. 이 경지를 옛사람들은 명경지수(明鏡止水)라 하였다. 오관을 통해서 들어오는 인상에 의해 마음이 흐트러지지 않고, 또 환경의 노예가 되지 않을 것을 목표로 하고 있었는 것이다.

이런 비유가 있다.

옛날 어느 수도승과 그 스승이 함께 여행을 하고 있었다. 그런데 저쪽에서 뱀장어를 굽는 맛있는 냄새가 났다. 스승은 무심코 "맛있는 냄새로구나!" 하고 중얼거렸다.

잠시 후 수도승이 스승에게 말했다.

"아무리 수도를 많이 하신 스승님이실지라도 역시 마음이 흐트러지시는 일이 있으시군요?"

"무슨 소리냐?"

"아까 장어구이 냄새 말씀입니다."

그러자 스승이 호통을 쳤다.

"그 일이라면 나는 그때 벌써 거기다 놔두고 왔다. 수도란 것은 그때 그때의 감정이나 욕망을 억누르는 것이 아니다. 언제까지나 마음에 걸리지 않게 하는 것이다!"

우리의 신변에 일어나는 현상에 사로잡히지 말 것, 집착하지 말 것, 그리고 금방 잊어버릴 것 등을 강조한 말이다. 그런데도 벌써 몇십 년 전의 일에 집착하고 있는 사람이 있다면 그는 구제불능이다.

'인생은 마음 하나 두는 곳, 환경의 지배자가 되라.'

이 말은 혁명을 일으켜서 나라를 바꾸라는 것이 아니라 자기 자신의 마음가짐을 바꾸라는 것이다. 내가 잘 아는 분의 저서로서 『인생산하(人生山河) 여기에 있다』라는 책이 있다. 그 내용의 일절을 소개하기로 한다.

"인생은 마음 하나 두기에 따라 변하는 것이다. 예를 들어서 택시는 운전사가 딸린 자가용차라고 생각하면 사장 기분이 될 수 있다. 또 택시 요금은 운전사에게 주는 급료라고 생각하면 참으로 싼 것이다. 호화 저택이 아니더라도 '세 개의 극장(TV 채널)'이 들어차 있다고 생각하면 마음이 뿌듯해진다. 돈이 없는 사람은 돈을 내고 가난을 배우는 중이라고 생각하면 마음이 편안하다. 시끄러운 마누라도 옆집 부인이 어쩌다 도와주러 온 것이라고 생각하면 고맙게 느껴진다. 왕후 귀족이나 이름 없는 사람이나 모두 똑같이 눈은 둘이고 코는 하나이며, 발로 걷고 손으로 물건을 집는다. 엉덩이로 말을 하는 사람은 아무도 없다. 서면 한 평, 누우면 두 평, 아무리 잘난 체해도 입는 옷은 고작 한 벌뿐이다. 밥은 하루 세 끼, 잠자는 것 먹는 것 입는 것을 모아 둘 수 없는 것, 화장실에 들어가서는 누구나 같은 모양으로 볼일을 본다. 울면서 살든 웃으면서 살든 인간의 한평생은 어차피 마찬가지이다."

이 분은 학창 시절 찢어지게 가난했지만 대단히 낙천적이었다. 종이에다 도미나 꽁치 그림을 그려 놓고 그것을 바라보면서 밥을 먹었다고 한다. 다 먹고 나서 종이를 뒤집으면 머리와 뼈만 남은 생선이 나타난다. 이런 사람이니 그를 만나기만 해도 매우 즐겁다. 그리고 그런 가운데 눈이 번쩍 뜨이는 이야기를 해주곤 한다.

이 분의 생활방식이야말로 환경의 지배자답게 사는 법이 아닐까?

어둡다고 불평하지 말고 스스로 불을 밝히도록 하라!

32. 갈고 닦지 않으면 빛나지 않는다

요행히 성공할 수는 없다

뭔가를 이룩하려고 할 때 생기는 곤란이나 장애는 필연이다

마음을 더욱 밝게, 그리고 적극적으로 가진다면 길은 반드시 열리게 된다

자기 운명이나 운세를 환경 탓으로 돌리는 사람을 패배주의자라고 부른다. 이런 부류의 사람들은 하고 싶은 것, 하고 싶은 일이 있어도 여건이 여의치 않아서 안 된다고 핑계만 댄다.

여건이 갖추어지지 않아서 아무 것도 하지 못한다는 사람은 영원히 아무 것도 못하게 된다. 왜냐하면 여건이 완벽하게 갖추어지는 일은 영원히 있을 수 없기 때문이다.

'기회를 잡는 데 민첩하라!' 는 말이 있다.

세계적으로 이름난 혼다의 창설자 스즈끼 씨는 사내에서 30퍼센트의 사람이 찬성하면 해보자, 70퍼센트의 사람이 찬성하면 이미 때가 늦었다라고 말했다. 모든 일은 해보지 않으면 모르는 것이다. 그러나 덮어놓고 하는 것은 무모한 짓이다. 또 꼼꼼히 생각만 하고 아무 것도 하지 않는 것은 소심한 짓이다.

마음속에 똑바로 성공의 이미지가 그려지면 — 그러니까 성공의 신념이 완성되면 조건이 갖추어지지 않았더라도 단호하게 실행하도록 한다. '단호하게 실행하면 귀신도 피한다'는 말이 있다. 신념을 가지고 단행하면 모든 일은 꼭 성취되고 만다.

무슨 일에나 먼저 기백과 정열이 필요하다.

정열이 넘쳐나는 사람의 주위에는 언제나 많은 사람들이 모여들게 마련이다.

인생은 한번밖에 없다. 그리고 인간은 언제 죽음에 직면할지 모른다. 임종을 앞두고 이것도 하고 싶었다, 저것도 하지 못했다는 후회가 없도록 마음껏 일을 한 다음 저세상으로 떠나야 한다.

'일일시임종(日日是臨終)'이 아니라, '일일시호일(日日是好日)'인 것이다.

서 있는 새마을호는 아무리 밀어도 움직이지 않지만 일단 달리기 시작해서 속력이 붙으면 그 에너지는 엄청난 것이므로 아무리 붙잡아도 세울 수가 없다.

우물쭈물하는 자세를 버리고 과감하게 행동해야 한다. 그러기 위해서는 우리 마음 속의 의지력에 불꽃을 점화해 줄 필요가 있다. 정열이라는 모터에 전기를 통하게 하고 시동을 거는 것이다. 그리하여 일단 달리기 시작하면 그 어떤 것도 방해가 되질 못한다.

이상하게도 정열은 전염이 된다. 정열을 가지고 힘차게 전진하는 사람은 남들에게까지 정열을 전염시킨다.

나는 이전에 친구와 함께 일요일마다 '적극적 요가'라는 것을 가르치고 있었다. 요가 행법을 가르치는 사이에 '적극 철학'의 강의도 정열적으로 계속했더니, 나도 모르는 사이에 적극적인 사람들이 모여들어서 그야말로 떠들썩한 것이 되어 버렸었다. 지금 형성되어 있는 인맥은 그때 주로 구축된 것이지만, 그땐 정말로 '동류(同類)는 동류끼리 모인다'는 법칙을 실감하였다.

세계 역사를 돌이켜보면 알 일이지만, 위대한 사업은 모두 한 사람이 꿈꾸었던 것이었다. 자기 마음에 등불을 켜고 그 불꽃을 끓어오르는 정열로 삼아 생생하게 행동하고, 사람들은 뒤흔듬으로서 큰 일을 이룰 수 있었던 것이다.

위대한 업적을 이룩한 사람들이라고 시작부터 성공하고 있었던 것이 아니다. 오히려 빈곤이나 무학력, 또는 신체적 핸디캡을 갖고 있었던 사람들이 대부분이다. 물론 유명하지 않았다는 것은 말할 필요조차 없다. 그러나 그들은 결코 자신의 처지를 변명하지 않았다. 용기 있게 그것을 뛰어넘었다. 그들에게는 그러한 핸디캡이 있었기 때문에 위대한 일을 해 낼 수 있었다고까지 말할 수 있다.

아무런 어려움도 실패도 없이 요행히 성공할 수는 없다. 뭔가를 이룩하려고 할 때 생기는 곤란이나 장애는 필연이다. 이런 것들을 곤란이나 장애가 아닌 단련의 기회라고 생각해 마음을 더욱 밝게, 그리고 적극적으로 가진다면 길은 반드시 열리게 된다. 갈고 닦지 않은 보석은 아름답지 않다.

곤란이나 장애는 추진력을 제공하는 마찰이라 생각할 수 있다. 지구상에 마찰이 없다면 걸을 수도 없고, 자동차도 앞으로 나아가지 못한다.

환경의 노예가 되어 군소리를 하느니, 차라리 어려운 환경을 숫돌이라고 생각하고 칼을 갈 듯이 자기 마음을 갈고 닦아야 한다. 영혼은 무한하다. 영혼은 아무도 침범할 수 없는 영역이며, 닦을수록 보석처럼 빛나는 신비를 간직하고 있다.

어디까지나 육신은 일시적으로 빌린 것이며 언젠가는 벗어 버릴 때가 오고야 만다. 인간은 육신을 자기라고 착각하기 때문에 자유롭지 못한 것이다.

인간의 본체는 영혼이며, 이 세상에 육체를 지니고 태어남으로써 진보한다. 인간은 영혼을 갈고 닦기 위하여 이 세상에 와 있는 것이다. 그러니까 환경은 모두 자기 영혼을 닦기 위한 조건이며, 때문에 자유자재로 지배할 수 있는 것이다.

33. 나쁜 버릇은 버리고 좋은 습관은 몸에 익힌다

인생 성공의 비결을 한마디로 말한다면
나쁜 버릇을 없애고 좋은 습관을 몸에 익히는 것이다

사람들은 자기 자신도 모르는 사이에 갖가지 버릇이나 습관을 몸에 익히고 있다. 고개를 흔들면서 이야기하거나 자꾸만 눈을 깜박거리는 등 외면적 습관뿐만 아니라 먹는 것의 기호에서부터 생각하는 경향에 이르기까지 각양각색의 버릇을 가지고 있다.

생각하는 것에도 과연 버릇이 있을까? 분명히 있다. 언제나 비관적으로 생각하는 사람, 언제나 모든 일을 나쁜 쪽으로만 생각하고 군소리를 하는 사람, 이런 버릇은 쉽게 고쳐지지 않는 것이기도 하다. 이런 타입의 사람과는 어울리지 않는 것이 좋다.

인생의 순간 순간에 문제가 있는 것은 당연하다. 전혀 아무런 괴로움도 문제점도 갈등도 가지고 있지 않은 자는 오직 무덤 속에 잠들어 있는 시체뿐이다.

어떤 일이 있더라도, 어떤 운명에 처하더라도 항상 희망을 잃지 않고 적극적으로 행동할 수 있는 낙천가만이 구원을 받는다.

건강이나 번영이나 행복은 누가 공짜로 베푸는 것이 아니라 자기 자신이 스스로 만드는 것이다. 운명은 스스로 만들어 가는 것이다. 자신을 구할 수 있는 사람은 자기 자신말고는 아무도 없다. 그러므로 항상 의식적으로 카르마의 정화를 시도해야만 한다.

인생 성공의 비결을 한마디로 말한다면 '나쁜 버릇을 없애고 좋은 습관을 몸에 익히는 것'이다. 바꾸어 말하면 스스로 자기 자신을 지배하는 것이다. '자기 자신을 어떻게 컨트롤할 것인가?' 이것이 바로 열쇠이다.

자기 자신을 마음대로 조종할 수 있게 되었을 때 비로소 자기 인생을 지배할 수 있다.

무슨 일을 해도 우물쭈물하면서 곧 시작하려고 들지 않는 버릇, 변명을 늘어놓으면서 실행하지 않는 버릇, 소극적 · 비관적으로 매사를 받아들이는 버릇, 금방 화를 내고 마는 버릇, 일찍 단념해 버리는 버릇, 무엇이든 남의 탓으로 돌리는 버릇, 시간을 낭비하는 버릇, 살펴보면 자기 자신을 가로막는 버릇은 얼마든지 많다. 이러한 버릇을 하나하나 끊어갈 때 행복도 번영도 건강도 뜻하는 대로 손에 넣을 수가 있다.

하지만 사람의 의지란 매우 연약한 것이다. 정확하게 말한다면 인간은 의지의 힘으로 자기 감정을 컨트롤하기가 몹시 어렵다. 그러므로 의지의 힘으로 감정을 콘트롤할 수 있는 사람은 이미 경지에 도달한 사람이라 하겠다.

담배를 끊으려고 생각한 사람이 좀처럼 끊지 못하는 것을 우리는 주위에서 흔히 보게 된다. 그것은 담배를 피우는 것으로 인해 초조감이 해소되고 마음이 이완될 수 있기 때문이다. 지금은 타성에 의해서 피우고 있는지 모르지만 피우기 시작한 이유 가운데 뭔가 기분이 좋은, 또는 차분함을 주는 것을 찾고 있었을 것이다. 피우는 것을 피우지 않는 것보다 훨씬 더 좋아했었던 것이다.

심리학의 법칙에 노력하면 할수록 반대의 결과를 초래하는 '노력 역전의 법칙'이란 것이 있다. 예를 들면, 내일 시험이 있기 때문에 일찍 잠을 자지 않으면 안 된다고 생각하고, 잠을 자려고 노력하면 할수록 눈이 말똥거려지는 현상, 말하는 것에 자신 없는 사람이 지명 받지 말았으면 좋겠는데 하고 속으로 생각하고 있을 때 갑자기 똑바로 지명 받게 되는 현상 등이 바로 그것이다.

그럼 도대체 어떻게 하면 좋단 말인가? 알고 보면 매우 간단하다. 노력이나 힘을 다하는 등 의지의 힘에 의한 감정 컨트롤을 꾀하지 말고 이미지를 써서 직접 감정에 호소하고 지배하면 되는 것이다.

예를 들면 담배를 끊고 싶다고 생각한 사람은 담배를 너무 많이 피우고 죽은 사람의 타르로 더러워진 폐를 보고 강렬한 이미지를 받거나, 아니면 반대로 담배를 피우지 않고 가슴 가득히 신선한 공기를 마신 산뜻한 이른 아침의 기분을 되풀이해서 머리 속에 그리는 것이다. 그리고 피우고 싶어졌을 때 문득 마음의 그림을 바꿔 놓고 "조금 있다가!"하고 타이르는 것이다. "이제부터 기필코 담배를 끊을 거야!"하고 힘을 주어 생각하지 말고, 피우고 싶어지면 마음의 그림을 바꿔 놓고 "조금 있다가!"라고 생각하는 것이 중요하다. 이런 때야말로 쓸모없을 것 같았던 우물쭈물하는 버릇을 이용해 보는 것이다.

말 잘 하기를 원한다면 이야기를 유창하게 하려고 애쓰지 말고 긴장을 풀도록 한다. 마음 푹 놓고 여러 사람 앞에서 당당하게 말하고 있는 마음의 그림을 그리는 것이다.

만약 몇 번이고 아침에 일찍 일어나려고 마음먹고서도 실행하지 못한 사람이 있다면 일찍 일어나는 것으로 인해 얻어지는 혜택, 산뜻한 기분, 아침 산책 도중에 미인을 만났다는 등의 이미지를 분명하게 마음속에 그린다면 충분한 효과가 있을 것이다.

힘을 낸다는 것은 곧 자기 자신을 발전시키는 것이다. 인간 한 사람의 힘으로는 큰일을 하지 못한다. 고집부리는 것을 그만두고 신의 힘, 바꿔 말하면 신에게서 부여된 이미지의 힘 — 즉 상상력 — 을 크게 이용하는 것이다. 그렇게 하면 되지 않는 일이 없을 것이다.

34. 기대지 말고 홀로 성공하라

나의 투병생활의 체험으로 보아 질병은 자기 마음속에 있는 어리광이나 의타심이 주된 원인이 된다. 병이 들었다는 것을 이유로 동정받고 싶다, 주목받고 싶다, 남들이 나를 소중히 해 줬으면 좋겠다, 특별하게 다뤄줬으면 좋겠다는 식의 기분을 무언중에 갖게 되는 것이다.

'간호는 육친이 하면 안 된다' 는 말이 있다. 육친이 간호를 하면 동정심이 생겨 환자의 의타심을 길러 주기 때문이다. 의타심이 생기면 병이 빨리 낫지 않는다.

특히 만성병인 사람은 언제까지나 숨겨진 어리광스런 마음이나 의타심을 갖고 있게 돼 절대로 좋아질 수가 없다. 왜냐하면 환자가 오히려 낫지 않기를 잠재적으로 바라고 있기 때문이다.

특별한 사람이건 보통 사람이건 자신은 자신이 구할 수밖에 없다. 남에게 의존해서 자신을 구할 수는 없다. 진정한 의미의 의료란 환자의 의타심을 끊고 스스로 일어서는 힘을 길러주는 것이다.

병에 걸리면 금방 약이다 주사다 수술이다 하는데, 그렇게 호들갑스러우면 환자의 의타심을 조장할 뿐 정말로 환자를 위하는 것은 되지 못한다. 필자가 이것을 섬뜩할 정도로 깨달은 것은 다니구치 마사하루 씨의 명저『생명의 실상』에 씌여 있는 '그대 자리를 털고 일어나라!'는 힘있는 말을 읽었을 때였다.

지금까지 상용하고 있던 약을 모두 팽개쳐 버리고 스스로의 힘으로 일어섰을 때 생명의 물이 콸콸 솟아오를 것이다. 자기 자신의 병세를 원망하고 남에게 불쾌감을 주고 있는 한 좋아질 까닭이 없다. 하물며 고통을 얼굴에 드러내는 것은 독을 사방에 뿌리는 것과 마찬가지다. 얼굴은 자기 때문에 있는 것이 아니라 남에게 내보이기 위해서 있는 것이다.

적자생존의 법칙대로 자연계에서는 환경에 적응하는 개체만이 생존해 가게 마련이다. 즉 생명력이 강한 개체만이 남게 되는 것이다.

'하늘은 스스로 돕는 자를 돕는다.' 자신을 구원할 수 있는 존재는 오직 자신뿐이다. 이 진리는 개인의 문제뿐만 아니라 생명체로서의 조직체의 운영, 즉 현대 경영에도 필연적으로 해당되는 말이다.

도산의 위기에 처했을 때 빚을 내고, 경영 지도를 받고 하는 것은 약이나 주사에 의존하는 것과 마찬가지로 결코 근본적인 해결책이 되지 않는다. 기업도 기업의 생명력을 강하게 만드는 것이 중요하다.

즉 생산비를 줄이고, 거래선을 철저히 점검하고, 고객에 대한 서비스를 높이고, 사내의 커뮤니케이션을 신속하게 구축함으로써 자력으로 곤경을 뚫고 나가야만 한다. 이것은 바로 자연계의 법칙과도 동일한 것이다. 어리광과 의타심을 끊고 자기 안에 있는 생명력을 발현하게 됨으로써 비로소 구원을 받게 되는 것이다.

태어날 때도 혼자였고 죽는 순간에도 역시 혼자이다. 그러므로 공연히 당황하거나 들뜨지 말고 자기 자신의 내부에 있는 생명의 힘을 굳게 믿어야만 한다.

우리가 지금 여기에 이렇게 살고 있다는 사실 하나만도 대단한 일이다. 위대한 드라마이다. 우리의 몸 속에는 면면히 이어져오는 조상의 피가 흐르고 있다.

생명의 탄생을 생각하더라도 몇억이라는 정자 가운데서 가장 강한 한 마리가 난자와 합쳐져서 하나의 생명체로 승화된 것이다.

치열한 생존경쟁에서 승리한 결과이다.

우리는 강하니까 지금 이렇게 살고 있다. 그러니까 '나는 약하다' 라든가 '나는 피로하기 쉽다' 라고 쉽게 속단하는 것은 금물이다.

우리 내부에 있는 생명의 힘은 강한 것이라는 확고한 자기 인식 위에 서야만 한다. 영원히 살아가는 생명, 불멸의 생명, 우리들의 몸속에는 조상들의 생명력이 굽이치며 이어져 내려오고 있다.

자기 내부에서 신(神)을 발견하고, 지금 살아 있는 것을 감사드리고, 하루하루의 행위를 정화해 나가는 것이 자연의 법칙, 즉 도리에 맞게 사는 방법이 되는 것이다. 그리고 우주의 섭리에 맞게 사는 방법이야말로 종교적인 생활방식이라 할 수 있다.

우리가 생명의 힘에 눈뜨고 그 존귀함에 감동하고, 감사와 환희로 하루하루 새로 태어나는 것만이 진정한 종교적 생활방식이며, 그렇게 함으로써 진정한 구원을 얻을 수 있다.

어리광이나 의타심은 신에게서 가장 먼 마음이다.

35. 잠재 능력을 발휘하라

잠재 능력을 개발하는 비결은
의식적으로 배수진을 칠 수 있는 상황으로 자신을 몰아넣는 데 있다

꿈을 실현하는 데는 염력이 필요하다. '이제 금(今)'과 '마음 심(心)'을 보태서 '염(念)'이라고 읽는다. 그러니까 '이제'는 곧 현재이며, 미래도 과거도 아닌 바로 지금인 것이다.

지금 여기에 살아가는 것으로 염력은 발휘된다. 십자가의 세로 선은 영원한 시간의 흐름을 나타내며 가로 선은 한없이 펼쳐지는 공간을 나타낸다. 즉 세로는 과거에서 미래로 이어져 있고, 가로는 무한 공간으로 펼쳐진다. 그리고 그 교차된 점이 바로 지금이고 현재이며 여기인 것이다. 지금 현재 여기를 충실히 살라는 가르침을 상징하고 있는 것이 바로 십자가이다. 마냥 기다리면 기회는 영원히 오지 않는다. '지금 현재' 말고는 달리 기회가 없는 것이다.

기회라는 신은 앞머리만 있고 뒤는 민대머리라고 한다. 앞머리를 움켜쥐지 못하면 뒤는 미끄러져서 붙잡을 도리가 없다는 것이다.

마음만 먹으면 바위라도 뚫는다는 필사의 신념이야말로 무슨 일이든 이루어 내는 원동력이다.

인간은 내버려두면 게으른 쪽으로 금방 흘러가 버리고 만다. 나의 병치레 경험에서 보면 병이라는 것은 인간의 어리광에서 비롯된다고 할 수 있다. 전력을 다하지 않는 게으름이 병을 만들어 낸다. 전력을 다하지 않았다는 것은 자신의 잠재 능력을 충분히 발휘하지 못했다는 것을 의미한다.

이런 이야기가 있다. 미국에서 있었던 실화인데, 어떤 병원에 남의 도움을 받지 않으면 아무것도 할 수 없는 반신불수의 사람이 몇 사람인가 입원해 있었다.

그런데 어느날, 가까운 곳에서 불이 났다. 마침 그날은 몹시 바람이 세었고 순식간에 병원에도 불이 옮겨붙어 무시무시한 기세로 타오르기 시작했다. 병원은 눈 깜빡할 사이에 전소돼 흔적조차 찾아볼 수 없게 되었다.

그런데 놀랍게도 입원해 있던 사람들은 모두 살아 나왔다. 반신불수가 되어 남의 도움을 받지 않으면 아무것도 하지 못하던 사람들을 포함한 모두가 자기 힘으로 살아 나온 것이다.

생전의 오키 선생한테는 의사로부터 외면 당한 불치병 환자들이 많이 찾아왔었다. 그런데 선생은 그런 사람들에게 가장 불편한 입원 장소로 지정해 주었다. 그리고 기백이 담긴 귀신 같은 목소리로 질타했다.

"너, 이놈아! 스스로 살고 싶다면 기어서라도 나오너라! 스스로 밥을 먹어라! 자기 일은 자기 스스로 하는 것이야!"

나도 처음에는 이게 무슨 인정머리 없는 처사인가라고 생각했었다. 그러나 이렇게 질타를 함으로써 환자의 내부에 있는 잠재력을 끌어내 불치의 병을 고치고 있었던 것이다.

치료는 그렇게 해야 하는 것이라고 생각한다. 환자를 알뜰살뜰 소중히 하고 약이나 주사로 의타심이나 어리광을 부추기면서 환자를 늘려 가는 방법은 결코 옳은 방법이 아니라고 생각한다. 진정한 치료란 그 사람이 갖고 있는 잠재 능력을 깨우쳐 주고 개발시켜 스스로 병마를 이겨낼 수 있는 의지력을 키워주는 데 있다.

오키 선생은 자주 말하곤 했었다.

"너희들, 누워만 있는 놈들한테 뒤에서 늑대가 쫓아가게 해 보려무나. 아마 필사적으로 도망칠 거야. 쓸데없는 생각할 겨를도 없이 열심히 도망칠 거야."

선생의 말씀은 옳다. 그때는 도망치는 일 말고는 아무것도 생각지 않을 것이다.

잡념과 사념을 멀리하고 열심히 비는 것, 이것을 염력이라고 말할 수 있다. 인간은 절박할 때 위대한 힘을 발휘한다. 그래서 옛부터 위험할 땐 배수진을 치라고 했던 것이다.

무적의 장군 시이저는 적지에 들어갈 때 상륙하고 나면 타고 간 배를 몽땅 불살라 버렸다고 한다. 즉 퇴로를 완전히 끊는 것이다.

도망칠 곳이 없는 병사는 오직 싸워야만 한다. 싸움이냐 죽음이냐 하는 상황에 물리면 병사는 굉장한 힘을 발휘하게 된다.

그러므로 잠재 능력을 개발하는 비결은 의식적으로 배수진을 칠 수 있는 상황으로 자신을 몰아넣는 데 있다.

36. 자기 몫을 다 살아라

명상에 의해 또렷해지는 영감에 따라 사는 것이야말로

가장 자기답게 사는 길이라 할 수 있다

이 세상에 태어난 이상 자기 몫의 삶은 다 살아야 한다.

소크라테스는 '너 자신을 알라'고 말했는데 매우 깊은 의미를 갖고 있다. 머리로만 자신을 알라고 말한 것이 아니라 깊은 명상 끝 나온 자신의 존엄이란 명제에 도달하라는 말이 아닌가 생각한다.

깨닫는다는 뜻의 '오(悟)' 자는 '나(吾)'와 '마음(心)'이 합쳐져서 된 말이다. 깨달음이란 자기 자신을 완전히 알고 자기 자신이 완성되었다는 것을 뜻한다. 그러나 진정한 자기 자신을 찾아내고, 그리고 자기 몫을 다 살고 있는 사람은 극소수에 불과하다.

부처님이 설파한 바 있는 '산천초목은 모두 불성이 있다'는 말은 모든 사물에는 궁극적인 가치가 있으므로 각자는 자기답게 살아야 한다는 것을 의미한다. 자기가 무엇인지, 또 무엇을 하고 싶은지 진지하게 묻고 찾아내지 않으면 안 된다. 자기가 가야할 길과 목표가 생기게 되면 끝없는 용기와 힘이 솟아난다.

진정한 자신과 만나는 법, 그것이 명상에 있다. 동서고금의 위인들 중 명상의 습관을 갖지 않은 사람은 단 한 사람도 없었다. 명상을 함으로써 자아와 우주가 만나게 된다.

흐려진 컵의 물도 가만히 놔두면 맑아진다. 이와 마찬가지로 일렁이는 마음을 조용히 해 두고 있노라면 푸른 하늘처럼 밝고 맑은 참된 자아가 얼굴을 내밀게 된다.

우리들의 마음속에는 넓고 높고 무한한 우주가 존재한다. 우리가 진선미(眞善美)의 가치를 느끼는 것은 이미 마음속에 참된 것, 선한 것, 그리고 아름다운 것이 존재하기 때문이다.

우리는 들에 피는 한 송이의 꽃을 아름답다고 생각한다. 시골길을 지날 때, 가지에 주렁주렁 매달린 과일들과 저녁 노을에 물든 산들을 보면 자신도 모르게 마음 설렘을 느끼곤 한다. 왜냐하면 우리들의 마음 속에 이미 아름다움이 존재하기 때문이다.

인간을 '작은 우주' 라고 표현하기도 한다. 우리들 내부에는 우주가 존재한다. 그리고 모든 것이 존재한다. 우리는 그 가운데서 자기에게 맞는 것, 되고 싶은 것, 하고 싶은 것을 낚아 올리기만 하면 되는 것이다.

그것이야말로 우리에게 주어진 의무이자 권리인 것이다. 인간이 평등하다는 뜻은 무조건 평등하다는 뜻이 아니다. 무한히 열려 있는 가능성과 기회가 평등하다는 의미에서 평등인 것이다.

그리고 우리의 마음속으로부터 무언가 가치 있는 것을 끌어내기 위해서는 명상이 꼭 필요하다. 개운한 기운이 떠도는 이른 아침에 몸을 바로 하고 자기 자신과의 대화를 갖는 것이다. 또 모두들 잠든 한밤중에 하루의 일을 반성하고 자기 자신을 돌이켜보도는 것은 값진 일이다. 조용히 들이쉬고 내쉬는 입김에 의식을 집중시키면서 마음이 가라앉기를 기다리고 있노라면 몇 분 후에는 이윽고 무어라 형용할 수 없는 안도감과 편안함을 느끼게 된다.

명상(瞑想)의 '명(瞑)'이란 아무것도 생각하지 않는 무심(無心)의 상태를 말하며, '상(想)'은 생각하는 것을 마음속에 그리는 것이다.

명상을 할 때 맨처음에는 마음을 가라앉히고 무심하게 되도록 노력할 것이며, 마음이 텅 비워졌을 때는 자기가 바라는 맑고 거룩한 이미지를 그려내는 것이 순서이다. 명상에 의해 또렷해지는 정신, 그 맑은 정신으로 사는 것이야말로 가장 자기답게 사는 길이 되는 것이다.

37. 긍정적 발상이 성공을 약속한다

비가 내리면 "앗, 비가 오는군! 그러나 시원해서 기분이 좋아!", 더운 날이 계속되면 "건강에 좋은 땀을 많이 흘릴 수 있어서 상쾌하군!", 상처가 나면 "아얏, 아파라! 그렇지만 통쾌하군! 며칠쯤이면 회복될는지 기다려지는데?", 기다리는 사람이 안 올 때는 "덕분에 평소에 읽을 수 없었던 책을 읽을 수 있게 됐어. 잘 됐군!", 병이 나면 "이것은 내 자신의 생활 방법과 생각이 잘못 되었다는 것을 생명 현상이 가르쳐 주고 있는 거야. 적극적으로 생활을 개선해야지!"라고 생각한다.

이처럼 모든 일, 모든 현상을 좋은 방향으로 해석할 수 있다면 당신은 이미 성공을 약속 받은 것이다. 이런 생각을 바로 전긍정적 발상, 또는 전긍정적 생활방식이라고 말한다.

세상 모든 일이 자기 편한 대로 되는 것은 아니다. 그보다는 반대의 경우가 많다. 편리한 대로 안 되는 현실을 언제까지나 불

평불만을 한다 해도 현실의 어려움은 가중될 뿐 결코 호전되지 않
는다.

'쇠에서 녹이 나와 쇠를 썩게 하고, 불평은 입에서 나와 사람을
썩게 한다' 는 말이 있다. 군소리, 우는소리, 불평불만은 불운과 불
행을 가져오지 결코 행운을 불러들이지 못한다.

동서고금 성공한 사람들의 경우, 실패는 모두 자기 책임이라고
생각했다. 그리고 다음의 성공을 위한 좋은 교훈으로 삼을지언정
결코 남의 탓이나 환경 탓으로 돌리지 않았다. 오히려 그 실패의 경
험을 살려 환경이나 외적 조건을 적극적으로 바꿔 나갔다.

그처럼 되기 위해서는 우선 자기가 변해야 한다. 합기도에는 입
신전환이라는 방법이 있다. 상대방을 힘으로 무너뜨리는 것이 아니
라 상대방의 품안에 뛰어들어 허를 찌르는 기술이다. 헛된 에너지
의 낭비 없이 상대방의 힘을 이용하는 흥미로운 기술이다.

이런 합기도의 원리처럼 자기가 변하면 상대방의 태도도 변한
다. 나아가 주변 환경이 변하게 된다.

옛부터 한 가지 재주에 능하면 백 가지 재주로 통한다고 했다.
이 세상의 진리는 모든 일에 공통되며, 지극히 간단명료한 것이다.
간단한 것이 곧 최선이다.

"공과 싸우는 선수는 아직 멀었고, 공과 사이 좋게, 그리고 살짝
감싸듯이 공을 잡을 수 있다면 그게 명선수다."라고 말한 명감독 S
씨도 진리를 터득한 사람이라고 할 수 있다.

최고의 조리사란 말을 듣는 사람은 자기 머리로 이것저것 생각해서 조리하지 않는다고 한다. 재료들과 대화하고 있노라면 재료가 이렇게 잘라 주세요, 이렇게 요리해 주세요 하고 가르쳐 준다는 것이다.

자연의 법칙은 대조화에 있다. 어느 때 어떤 일이 일어나더라도 그것을 싫어하거나 거스르거나 하지 말고, 있는 그대로 받아들이고, 최대한 존중하면서 사는 법이야말로 인생을 최고로 멋지게 사는 생활 방법이다.

버들가지는 꺾이는 법이 없다. 모든 것을 받아들이고 모든 것을 긍정하면서 살기 위해서는 버들가지처럼 나긋나긋한 탄력이 있어야 한다. 경영의 귀재라 불리는 마쓰시타 고노스케의 나긋나긋함을 느낄 수 있는 한마디 말을 음미해 보자.

"경영이란 당연한 것을 당연하게 하는 것이다. 예를 들어 비가 오면 우산을 쓰면 되듯이……."

이처럼 한 가지 재주에 뛰어난 사람은 삶의 진리를 파악하고 있고, 모르는 사이에 전긍정적 생활법을 실천하고 있는 것이다.

이 전긍정적 생활법을 가리켜 선생은 언제나 이렇게 말하곤 했었다.

"후지산(富士山)은 언제나 맑아서 좋고 흐려도 좋다."

또 나카무라 덴푸(中村天風) 선생도 "뭔가 심각한 일이 있는 게 인생이다."라고 타이른다. 일이 있을 때마다 공연스레 마음을 시

끄럽게 할 것이 아니라 오히려 가슴을 활짝 펴고 모든 것을 있는 그
대로 받아들이는 자세로 자신 있게 대도를 걸어가라는 뜻이다.

38. 적극적인 마음으로 생활하라

적극적인 마음이란
고생을 낙으로 바꿔 버리는 강한 마음을 뜻한다

'**적**극적인 마음'을 영어로는 'Positive Thinking'이라고 한다. 불가능을 가능으로 만드는 원동력은 바로 적극적인 마음이다. 세계를 주도해 나가고 있는 미국의 오늘날이 있기 위해서는 그들 사상의 밑바닥에 적극적인 마음이 자리해 있었기 때문이다.

특히 에머슨을 원조로 하는 광명 사상(New Thought)의 흐름은 오늘날까지도 기업가들에게 용기와 신념을 불어넣어 주고 있다. 적극적인 마음이야말로 인생을 지배하는 열쇠인 것이다.

적극적인 마음은 어느날 갑자기 생기는 것이 아니다. 하루하루 노력해 가지 않으면 생기지 않는 것이다. 우리의 일상생활은 대개 소극적인 암시로 채워져 있다. 내버려두면 어느새 어두운 쪽으로 몸과 마음이 기울어지게 된다. 못하겠다, 피곤하다, 어렵다, 지겹다 ─ 이런 말들을 우리는 너무 자주 듣고 너무 자주 말하고 있는 게 아닐까?

항상 전향적으로 생각하고 어려움에 맞서는 사람이야말로 자기 인생을 창조해 나갈 수 있다. 적극적인 마음이란 고생을 낙으로 바꿔 버리는 강한 마음을 뜻한다. 이 세상에 괴로운 것 싫은 것이 있을 수 있다는 것은 절대법칙과도 같다. 이런 것들을 괴롭다고 생각하거나 피하려 들지 말고 미소를 갖고 밀고 나가는 자세야말로 매우 중요하다.

요가에서 육체 훈련의 목적은 바로 적극성을 기르는 데 있다. 요가 체조는 몸의 단련을 위해서 있는 것이 아니다. 하나의 포즈를 취하고 꾹 참음으로써 그 고통을 맛보는, 그러니까 통쾌하다는 느낌을 갖는 연습을 하는 것이다.

아픔을 즐김으로써 마음을 적극적으로 만들어간다. 괴로움을 낙으로 돌릴 수 있는 강한 마음을 소유하는 사람이야말로 이 세상을 자유자재로 살아갈 수 있는 사람이다.

천국이라든가 극락이라든가 하는 것은 저세상에 있는 것이 아니다. 바로 이 세상에 있는 것이다. 어떤 어려움이나 장애가 있더라도 마음을 평안한 쪽으로 돌리고 잠재 의식을 더럽히지 않는다면 이 세상을 천국으로 바꿀 수 있다.

지금은 우물이라는 것을 볼 수 없게 되었지만, 옛날 가정에는 우물이 대개 마당 한가운데에 있었다.

손으로 펌프질을 해 물을 뿜어 올리는데, 맨처음에는 한 바가지 정도의 물을 부어 주어야만 된다. 물을 부어 주지 않으면 아무리 펌

프질을 해도 물을 뿜어 올릴 수 없다. 그러나 일단 물이 올라오기 시작하면 얼마든지 재미있을 만큼 물이 나온다.

적극성이라는 것은 바로 맨처음에 부어 주는 물과 같은 것이다. 잠재 의식이라는 물줄기는 내버려두면 아무것도 베풀어주지 않을 뿐더러 평소 우리의 오관을 통해서 들어오는 많은 소극적 암시에 의해 차츰 차츰 흐려지게 된다.

그리고 그 흐려진 잠재 의식과 마찬가지로 흐린 운명을 불러들이는 것이다.

그러나 적극성이라는 물을 붓고 맑은 물을 계속 품어 올리면 넘쳐나는 샘물처럼 잠재 의식도 더욱더 깨끗해진다. 거기에 호응해서 맑고 바르게 고귀한 운명을 끌어당기는 것이다.

사람들은 '생각'한다는 그 자체를 대수롭지 않게 생각한다. 하지만 사실은 순간순간 자기가 생각하는 것이 적극적인가 소극적인가를 체크하지 않으면 안 된다.

'지금 내가 생각하고 있는 것이 적극적일까, 아니면 소극적일까?'를 체크한 다음 취사선택해서 적극적인 면만을 받아들이는 습관을 기르도록 한다.

우주철학과 UFO 연구로 유명한 미국의 G. 아담스키라는 사람은 이것을 '상념체크'라고 불렀다. 상념이란 무심코 내버려두는 것이 아니라 진지하게 체크해야만 하는 것이다.

항상 자신의 상념을 체크하고 적극적인 것, 밝은 것, 전향적인 것만을 마음속에 받아들이는 연습을 하고 있노라면 잠재 의식은 그 상념에 어울리는 깨끗한 집이 된다. 그 사람 전체에서 배어 나오는 분위기가 넉넉하고 따뜻하고, 그리고 밝은 것이 되어 그 사람의 주변도 넉넉하고 따뜻하고 밝은 분위기로 변화된다. 그처럼 넉넉한 사람들이 끌어당겨져서 행복과 건강과 번영이 약속된다.

39. 침착하게 고통을 이겨내라

자극적인 어떠한 현상도 받아들이는 우리의 정신 자세에 따라
약이 되기도 하고, 독이 되기도 한다

인간은 한 가지 일에 정신이 점령당하면 다른 일은 잊고 만다. 또 지금 받고 있는 자극보다도 새로운 큰 자극이 있으면 그쪽으로 정신을 빼앗기고 만다. 가령 지금 긁힌 상처가 아프다고 하더라도 더 큰 타박상이라도 입게 되면 긁힌 상처의 아픔은 금새 어디론가 사라져 버리고 만다.

누운 채로 지내는 반신불수의 사람에게 늑대가 온다고 소리치면 병이 치료된다고 오키 선생은 곧잘 말했다. 현실적으로는 다소 무리가 있을지 모르지만 치료 효과는 크게 있을 것으로 생각된다.

살을 에이는 한겨울, 깊은 산 속 폭포 수행을 한다면 혹시 감기라도 드는 게 아닐까 하는 소극적인 감정을 가지고 있다면 결코 수련을 하지 못한다. 설령 참아냈다 하더라도 곧바로 감기가 들고 말 것이다.

단식을 하다가 죽는 사람이 있는데, 이런 사람은 사전에 죽는 게 아닐까 하는 공포심을 느꼈기 때문이다. 그러나 단식을 즐기고 있는 사람은 훌륭한 효과를 보게 된다.

이 현상, 통증의 망각 또는 전환과 관련해 α파의 권위자인 시가 씨는 다음과 같은 말을 하였다.

"뇌의 신경 세포는 직경 0.3밀리미터 정도의 공모양 세포체와 거기서 많이 나와 있는 나무 모양의 돌기, 그리고 한 개의 길다란 신경섬유로 이루어져 있다. 이 신경섬유의 끝 부분은 여러 갈래의 가지가 뻗어 있으며, 저마다의 가지 끝은 버튼 역할을 하는 시냅스로 되어 있다.

자극(통증)을 받으면 그 정보는 전기 자극으로 변환되어 신경섬유 속으로 전해지고, 이 전기 자극이 시냅스(버튼)를 자극해서 정보 전달 물질인 아세틸콜린을 방출시킨다. 그리고 이 아세틸콜린이 옆의 신경 세포에 전해져서 다시 다음 신경 세포로 전해져 간다. 이렇게 해서 아픔의 정보가 전해진다.

그런데 신경 세포와 신경 세포 사이에는 엔케파린뉴런이라고 불리는 세포가 개입되어 있으며, 이 세포에서 엔케파린이 방출되면 아세틸콜린이 전달되지 않게 되는 것으로 알려져 있다. 즉 신경 세포에서 신경 세포로 정보가 전해지지 않으므로 아픔이나 뜨거움도 느끼지 못하게 되어 버린다.

깊은 명상 상태, 그러니까 α상태가 되면 이 엔케파린뉴런이 왕성하게 활동하게 된다. 명상 상태에서는 뇌의 신경 세포를 오가는 화학 물질의 작용 때문에 불도 시원하게 느낄 수 있게 된다. 수도하는 사람이 한겨울에 폭포수를 맞고 있거나 불 속을 걸어다니거나 하는 것은 명상 중에는 엔케파린의 작용으로 아픔이나 차가움이나 뜨거움을 거의 느끼지 못하는 까닭이다.”

이와 같이 통증의 전환이라는 것은 의학적으로도 증명된 것이다. 그만큼 우리의 감각이라는 것은 주관적인 것임을 알 수 있다.

상처를 입고 아프다고 생각하면 더 아파진다. 어린 꼬마가 상처를 입었을 때 상처난 곳을 누르면서 “우리 아기 아야한 것 저 산너머로 가 버려라!”하고 말해 주면 금방 울음을 그치게 되는데, 이 경우도 이 작용을 잘 이용하고 있는 것이라 할 수 있다.

자극적인 어떠한 현상도 받아들이는 우리의 정신 자세에 따라 약이 되기도 하고, 독이 되기도 한다. 몸에 좋다고 생각해서 하는 냉수욕도 아무런 준비 없이 별안간 물을 끼얹는다면 독이 될 것이다. 아무리 좋은 일이라 하더라도 한밤중에 잠을 깨우는 전화는 싫을 것이다.

어떤 경우라도 항상 냉정하며 동요하지 않는 사람을 배짱이 있는 사람, 또는 침착한 사람이라 부른다. 배짱을 기르기 위해선 평소 수련이 중요하다. 일상에서 휘말리며 마주치는 문제들과 인생 공부를 한다는 자세를 기르도록 해보자.

40. 마음의 눈으로 현실을 보라

겁먹을 것이 없는 절대의 경지에 있을 때야말로

신념이 폭발되는 때다

자기 신념이 강하면 강할수록

이 세상은 자기가 뜻한 대로 움직이게 된다

모든 현상에 성격이란 없다. 또한 선악이라는 것도 없다.

우리가 살아 있는 한 어떠한 현상과 매일 마주치게 된다. 그 현상에 사로잡혀 울고웃지 말고 공관(空觀)을 가질 것, 이것이 잠재의식을 순수하게 유지하는 비결이고, 인생을 성공으로 이끄는 비결이다.

공관이란 없는 것을 보는 것이며, 없는 것이란 석가모니가 깨달은 최고의 이치인 '공(空)', 즉 반야심경에서 설파하는 '색즉시공(色卽是空) 공즉시색(空卽是色)'의 공(空)인 것이다. 공(空)은 육안으로 보이는 것이 아니라 마음의 눈으로 보아야 보이는 것이다.

여기에 암을 선고받은 두 사람이 있다. 이들을 A씨와 B씨라 부르기로 하자. A씨는 자기가 암에 걸렸다는 말을 듣자마자 겁을 집어먹고 공포심의 포로가 되어 버렸다. 완전히 기력이 떨어지고, 언제 죽을 것인가 만을 생각하게 되었다. 그리고 자신의 비운을 저주하고 원망하고 한탄만 하였다.

B씨는 놀라기는 했지만 곧 정신을 차렸다. 자기가 암에 걸린 것은 지금까지 살아오는 동안의 잘못을 하느님이 병으로써 징계하시는 거라고 생각했다. 그는 생활을 말끔하게 바꾸고 남겨진 나날을 헛되이 하지 않고 세상 사람들을 위해 봉사하기로 결심하였다.

물론 그 뒤의 경과는 설명할 필요도 없을 것이다. 암을 선고받고 기적적으로 회복한 사람 중에는 B씨와 같은 유형의 사람이 많다.

도대체 암이란 것도 한발 여유를 갖고 보면 몸의 세포 조직의 일부에서 보통 세포와는 다른 특이한 세포가 증식되었다는 사실에 지나지 않는다. 그것을 가지고 자기 생명력을 더욱 약하게 하는 쪽으로 절망하느냐, 아니면 자신의 삶의 방식을 바꾸어 가는 계기로 삼느냐는 순전히 본인의 의지에 달려 있다.

사실을 사실로, 제삼자의 눈으로 보는 것을 공관이라고 한다.

비가 오면 우울해지고 더워지면 불쾌하게 느껴지는 것도 생각해 보면 우스운 이야기이다. 비가 오거나 무덥거나 한 현상에는 원래 선도 없고 악도 없다. 이와 같이 자기 주변에서 발생하는 현상을 제3자의 눈으로 관찰하는 연습을 쌓고 있노라면 괴로워하거나 슬퍼하거나 노여워하거나 하는 마음의 동요가 없어지게 된다. 또한 한발 더 나아가서 앞서 말한 B씨처럼 괴로움을 오히려 약으로 삼는 사람은 어떤 일에도 겁을 집어먹는 일이 없는 것이다.

겁먹을 것이 없는 절대의 경지에 있을 때야말로 신념이 폭발되는 때다. 자기 신념이 강하면 강할수록 이 세상은 자기가 뜻한 대로 움직이게 된다.

자기 주위에서 발생하는 현상 하나 하나에 대해 흔들리는 일 없이 냉정하게 객관적으로 바라보고 대처해 나가야만 한다. 그러면 행운의 여신이 반드시 당신의 손을 들어주게 된다.

41. 비판을 칭찬으로 생각하라

뭔가 새로운 것을 하려고 하면 반드시 비판이나 중상모략, 그리고 반대 의견이 나오게 마련이다. 특히 지금까지 남이 하지 않았던 것을 하려고 들면 비판이나 중상모략이 빗발친다. 물론 그 가운데는 친절한 충고의 의도를 갖은 사람도 있을 것이다.

그때 자기의 잠재 의식이 그러한 의견을 받아들이고 '그럴는지도 모른다. 역시 그만두기로 하는 게 좋겠어.' 하고 생각하기 시작하면 꿈은 실현도 거기서 중단되고 만다.

그러나 그때 자기 본심이 '나는 할 수 있다! 반드시 할 수 있다!'를 외치고, 분명히 그 결과를 예감할 수 있는 사람은 꿈의 실현을 멈추지 않는다.

중요한 것은 소극론이나 반대 의견이 나왔을 때 그것을 칭찬의 또 다른 모습이라고 생각하는 마음가짐이다. 그만큼 사람들이 관심을 갖고 지켜봐 주는 것이라고 생각한다.

어느날 나카무라 덴푸 선생에게 한 제자가 의논을 청하러 갔다.

"선생님, 저는 이런 사업을 시작하려고 합니다만 어떻겠습니까?"

그러자 대뜸 선생이 말했다.

"자기가 하려는 일을 남에게 의논하는 녀석이 어디 있나? 괜찮을까 하고 의심이 되면 그만두고! 자신이 할 수 있다고 생각되면 하는 거야!"

이 얼마나 멋진 어드바이스인가!

얼마 전 나카무라 선생의 천풍회(天風會) 70주년 기념식이 있었는데, 거기서 기념 강연으로 마쓰야 사장 야마나카 씨의 이야기를 들을 기회가 있었다.

그의 일대 전기가 된 것은 그때까지 줄곧 함께 행동해 왔던 존경할만한 선배가 다른 곳으로 옮겨가게 되어 혼자서 마쓰야를 다시 일으켜 세우지 않을 수 없게 되었을 때였다. 그런데 그때 마침 나카무라 선생과 직접 대화할 기회가 있었던 것이다.

그때 그가 나카무라 선생으로부터 들었던 충고는 단 한마디, "들 가운데 서 있는 한 그루의 삼(杉)나무가 되어라!"였다. 들 가운데 홀로 서 있는 한 그루의 삼나무처럼 폭풍이 몰아쳐도 비바람이 퍼부어도 끄떡 않고 당당하게 살아가라는 힘있는 암시였던 것이다.

이 충고가 야마나카 씨에게 커다란 힘이 되었고 인생의 지침이 되었음은 물론이다.

이 두 가지 이야기는 나에게도 많은 참고가 되었다. 생명의 힘을 끌어내는 천재 나카무라 선생의 멋진 에피소드가 아닐 수 없다.

실패는 실패를 인정하기 때문에 실패가 되는 것이다. 성공할 때까지 거듭해 넘어지면 반드시 성공하지 않을 수 없다.

골드러시의 시절에 미스터 D는 금광을 사들여서 계속 파들어 갔으나 끝내 자금이 바닥나서 남에게 팔아 넘기고 말았다. 그런 데 며칠이 지나 신문에 행운의 사나이 기사가 실렸다. 그 사나이 는 D에게 금광을 헐값에 산 바로 그 사람이었다. 그는 D가 손을 들고 만 바로 그 지점에서 1미터 남짓 파내려가 금맥을 찾았던 것 이다.

D는 이 실패를 교훈 삼아 그 뒤부터는 '성공하기 전에는 절대 로 단념해서는 안 된다'는 것을 평생의 교훈으로 삼았다. 그리고 보험 세일즈맨이 되어 끝내는 커다란 성공을 거두고 말았다.

42. 실패를 역전시키는 발상법

성공은 실패의 역전,
마이너스를 전부 모아서 괄호로 묶은 다음
그 앞에 다시 마이너스를 붙이는 것이다

현명한 사람이란 적을 살리고 나를 살리는 사람이다. 가장 부담스러운 적을 가장 든든한 자기 편으로 만든다는 발상은 정말이지 기막히게도 현명한 생각이다.

병이라는 것도 반드시 무서워할 것만도 아니다. 병이야말로 생명의 작동을 잠시 위협함으로써 심신을 쓰는 법, 생활하는 법, 생각하는 법에 관한 여러 가지 잘못을 깨닫게 해준다. 때문에 우리는 전혀 다른 인생을 열어갈 수도 있는 것이다.

위기야말로 최대의 찬스다!

예로부터 훌륭한 인물이 만들어지기까지는 사경을 헤매는 병에 시달렸었다거나, 도산의 위기를 맞았었다거나, 교도소에 억울하게 갇혔다거나, 가슴 아픈 실연을 당했다거나 하는 등의 절망적인 경험이 있었다.

　사람은 역경을 체험함으로써 다른 사람들의 기분을 알게 된다. 그리고 사람의 약한 점을 공감할 수 있게 된다.

　젊어 고생은 사서도 한다는 말이 있다. 곤경을 고통으로 생각한 나머지 사기까지 꺾이지는 말아야 한다는 교훈을 내포하는 말이다. 오히려 곤경을 즐기는 여유를 갖는 것이 필요하다.

　아무래도 곤경에 짓눌릴 것 같을 때는 그것을 이겨내고 기쁨에 젖어 있는 미래를 똑바로 그려보도록 한다. 그리고 그 이미지에 젖어드는 것이다.

　실패는 성공의 어머니다. 에디슨도 전구를 발명하기까지는 헤아릴 수 없을 만큼 많은 실패를 거듭했다. 그러나 그는 그것을 결코 실패로 인정하지 않았다. 아무리 미치광이라고 사람들이 손가락질을 해도 뒤돌아보지 않았다. 에디슨은 틀림없이 성공의 이미지를 머리 속에 미리 그리고 있었을 것이다. 이같은 생각을 몸에 익히면 누구나 운명이 호전되기 시작한다. 이것을 ‘발상의 전환’이라고 부른다.

　이 세상에서 불필요한 것이란 일체 존재하지 않는다. 실패를 거울 삼아 한걸음씩 성공에 다가서야만 한다. 경험은 무엇보다 큰 스승이고 재산이다.

　로케트 박사로 유명한 조직공학연구소 소장 I박사의 재미있는 에피소드 한 가지를 들어보자.

　그가 동경대학의 항공학과를 졸업하고 맨처음 입사한 곳이 나카시마 비행기 회사였다. 거기서 갑자기 비행기 설계를 명령받은 것까진 좋았으나, 당시 비행기 만드는 기술은 보잘것 없는 단계였다. 동경대학 항공학과라 해도 선박 프로펠러 만드는 정도에 지나지 않는 강의뿐이었다고 하니 어이없는 시절의 이야기이다.

그런 형편에서 갑자기 비행기를 만들라는 명령을 듣고 보니까 눈앞이 캄캄했다. 그런데 여러 가지 생각 끝에 어느날 좋은 아이디어가 떠올랐다. 좋은 일이라면 서두르라고 했으므로 그는 그날부터 회사 선배들의 집으로 찾아다니면서 실패담을 듣기로 하였다.

물론 사람들은 자기 자랑은 좋아하지만 실패담은 좀처럼 하려고 들지 않는다. 때문에 실패담을 털어놓게 하기 위해서 선물 값도 적지 않게 들였다고 한다.

결국 그가 발이 닳도록 찾아다니는 동안에 마음이 통해서 "실은 말이야……." 하는 식으로 선배들이 실패담을 들려주기 시작했다. 그렇게 해서 모은 실패담을 토대로 만들어 낸 것이 바로 전투기 '하야부사' 이다. 당시로서는 명기 중의 명기라는 말을 듣던 비행기다.

성공은 실패의 역전, 그러니까 마이너스를 전부 모아서 괄호로 묶은 다음 그 앞에 다시 마이너스를 붙이는 것이다. 즉 말하자면 마이너스의 반대는 전부 플러스가 된다는 대수방정식을 응용하는 것이다. 이것이 곧 실패를 모두 살려 성공을 만드는 비결이다. 이것을 '역전의 발상' 이라고 이름 붙인 것은 너무나도 적절하다고 생각된다.

이렇게 모두를 살리는 활용 능력을 '사랑' 이라고 부르지 않을 수 없다. 사랑이란 모든 것을 살리는 것이다. 상대방의 힘을 살리면서 기술을 건다. 이것이 합기도의 기본이다.

검의 달인은 살인검(殺人檢)이 아니라 활인검(活人檢)을 지녔다고 한다. 꽃의 정신을 살려서 화도(花道), 차의 정신을 살려서 다도(茶道), 손님을 살리는 것으로 자기도 번창하는 상도(商道), 어린이의 능력을 최대한으로 뻗게 하고 살리는 사도(師道)! 사람을 살리고 물건을 살리고 실패조차도 살리는 정신! 바로 이것이 최고의 성공 철학이다.

43. 오늘 하루만 시작하라

현재 말고는 다른 시간과 기회란 없다
건강도 행복도 번영도
현재를 최대한 힘있게 사는 일에서부터 시작된다

오늘 하루 화내지 않고 두려워하지 않고 슬퍼하지 않고

정직 친절 유쾌하게

힘과 용기와 신념을 갖고

자기 인생에 대한 책무를 다하고

항상 평화와 사랑을 잃지 않는

훌륭한 인간으로

열심히 살 것을 엄숙히 선서합니다.

이것은 나카무라 덴푸 선생이 제자들에게 권하는 선서의 말이
다. 이 말의 첫머리에 '오늘 하루'라고 한 것은 선생의 탁월한 처세
관을 잘 나타내 주고 있다.

오늘 하루라면 무엇이든지 다 할 수 있는 것이다. 사람은 뭔가

하려고 할 때 평생을 하려고 하니까 안 된다. 오늘 하루 작은 일을 실행하면 그것이 쌓이고 쌓여 커다란 결과를 만드는 것이다.

화를 내지 않도록 하려고 결심했는데 그것이 잘 이루어지지 않을 때는 오늘 하루 화를 내지 않겠다고 다짐하면 분명히 실천 가능해질 것이다. 내일이 되면 또 '오늘 하루만'이라고 생각하면 되는 것이다.

담배를 끊으려고 마음먹었는데 잘 안될 때, '오늘 하루만 금연해 보자!'고 생각하면 마음이 편할 것이다. 내일이 되면 '잠깐, 오늘도 하루만 더 끊어 보자!', 모레가 되면 '또 하루만!' 하고 생각해 보자.

우치무라 간조(內村鑑三)의 유명한 '일일일생(一日一生)'이란 것이 있다. 오늘의 이 하루를 일생이라고 생각한다면, 오늘로서 인생이 끝나는 것이라면 순간순간을 소중히 하지 않을 수 없을 것이다.

'실천윤리광정회'라는 수양 단체에서는 다음과 같은 선서를 하고 있다.

- 오늘 하루 세 가지 은혜(부모·스승·사회)를 잊지 않고 기쁘게 자진해서 일하겠습니다.
- 오늘 하루 남의 잘못을 탓하지 않고 내가 잘한 것을 말하지 않겠습니다.
- 오늘 하루 깨달은 것을 가운 마음으로 곧 실행하겠습니다.

- 오늘 하루 화를 내지 않으며 모자라다고 생각하지 않겠습니다.
- 오늘 하루 세 자기 낭비(시간·물건·마음)을 배제하고 새롭게 살
  아가겠습니다.

사람은 누구나 쉬운 것을 좋아하며 편해지고 싶어한다. 그런 까닭에 나쁜 습관의 노예가 되어 버리기 쉬운 것이다. 좋은 습관은 좀처럼 몸에 붙지 않지만 나쁜 습관은 쉽게 몸에 붙고 만다. '그러나……' 하고 단념하기 전에 오늘 하루만이라도 자기 자신의 주인공이 되어 보는 게 어떨까?

인생은 쇼라는 말이 있다. 그렇게 행동하면 실제로 그렇게 되는 것이다. 훌륭한 경영자가 되고 싶으면 훌륭한 경영자처럼 행동하면 되는 것이다. 선수는 마음속으로부터 자신을 선수라고 생각하면서 행동한다.

인생의 달인(達人)이란 자기 자신의 주인이 될 수 있는 사람을 말한다. 결코 남보다 뛰어난 사람을 뜻하지 않는다.

우리가 자유롭게 사용할 수 있는 시간은 오늘밖에 없다. 어제는 지나갔고 내일은 오지 않았다. 극단적으로 말하면 지금밖에 시간이 없는 것이다.

미국의 억만장자 록펠러가 "내 모든 재산을 내던지고라도 얻을 수만 있다면 젊음을 갖고 싶다."고 한 말은 너무나도 유명하다.

현재를 충실히 살기 위해서는 사생관을 딛고 서는 것이 필요하다. 우리는 죽음이라는 정점을 향해서 한발 한발 착실하게 전진하

고 있다. 어떤 높은 지위에 올랐던 사람이라 할지라도 이것은 절대로 피할 수 없는 현실이다.

어릴 때 병 때문에 장애를 갖고 사람들로부터 바보 취급당하고, 그 때문에 거친 인생을 보내고 끝내는 사소한 일로 강도 살인을 범하고 만 한 사나이가 사형 언도를 받고 교도소에 들어가 있는 동안에 생각했다. 이 세상에서 오직 한 사람 자기를 인정하고 칭찬해 준 국민학교 선생님! 그 선생님한테 보낸 한 통의 편지로 인하여 선생님과의 편지 왕래가 시작되었고, 그것이 인연이 되어 그는 단가(短歌)의 세계에 발을 들여놓게 되었다.

그는 자기 자신을 깊이 들여다보는 동안 참된 자아에 눈을 떴고 진정으로 개심해 가는 과정을 시로써 남기고 신문에도 투고하였다. 남은 나날을 하루하루 힘껏, 일초 일각도 놓치지 않고 살아야겠다는 마음을 읊은 그의 시는 많은 사람들의 심금을 울렸었다.

'일일시임종(日日是臨終)'의 마음으로 임할 때 현재를 어떻게 소중하게 살아야 하는지를 알게 되는 것이다.

오키 선생은 사생관을 가르칠 때 '초일심(初一心)'과 '최종심(最終心)'이란 세트로 우리를 가르쳤다. 초일심이란 '처음의 마음을 잊지 않는다'는 것이다. 잔소리가 심한 마누라도 결혼했던 당시에는 그렇지 않았을 것이다.

경영자라면 창업했을 때의 기분을 가장 고귀하다고 생각할 것이고, 언제까지나 그때의 기분으로 일하고 싶을 것이다. 오늘로서 끝이라고 생각한다면 싫은 상대와도 얼마든지 화해할 수 있을 것이다.

현재 말고는 다른 시간과 다른 기회란 없다.

건강도 행복도 번영도 현재에 있고, 지금 현재를 최대한 힘있게 사는 일에서부터 시작된다.

44. '~답게' 행동하라

만약 성공하고 싶다면 성공한 사람답게 행동하도록 하라
인간은 결코 그 사람이 갖는 자기 이미지 이상의 것은 되지 못한다

만약 당신이 건강하고 싶다면 건강한 사람답게 행동하도록 하라. 만약 성공하고 싶다면 성공한 사람답게 행동하도록 하라. 인간은 결코 그 사람이 갖는 자기 이미지 이상의 것은 되지 못한다.

권투의 챔피언도 나는 챔피언이다 하는 자기 이미지를 갖고 있지 않은 챔피언은 단 한 사람도 없다. 밖은 안의 표출이다. 안에서 똑바른 이미지를 갖고 있으면 반드시 밖으로 드러나는 법이다. 안에 있는 이미지를 견고한 것으로 만들기 위해서 '답게' 행동하는 것은 중요한 일이다.

씨름에서 천하장사가 되면 갑자기 더욱 강해지고, 태권도에서 고 검은띠를 따고 나면 사람이 달라진 듯 강해져 보인다. 그것은 나는 천하 장사다, 검은띠다 하고 날마다 자기 스스로 인식하고 남들로부터도 그렇게 보여지기 때문이다.

자기가 환자라고 생각해서 요양하고 조심하며 감싸고 있는 한, 결코 좋아질 수가 없는 것이다. 나는 가난하다고 마음먹고 있는 사람한테는 돈이 모여들지 않는다. 안에 있는 것을 부(富)로 가득 채웠을 때 비로소 부를 끌어당긴다. 안에 있는 것이 밖으로 표출되기 때문이다. 먼저 내면을 채우도록 해야만 한다. 그리고 '답게' 행동하는 것이다.

스스로 만족한 이미지를 그리기 어렵다면 자기가 이상으로 삼는 사람을 모방하면 좋을 것이다. 자기가 진심으로 존경하는 사람의 말씨, 태도, 걸음걸이를 철저히 모방하는 것이다. 배우는 것은 모방하는 데서 비롯된다. 그리고 되풀이해서 흉내 내는 것으로서 이윽고 자기 것이 되는 것이다.

그것을 '수파리(受破離)'라고 부른다. 선인의 법도를 모방하고, 지키고, 이윽고 그것을 타파한 다음 자기 것을 세우기 위해서 독립하는 것이다. 우선 맨처음부터 실천해 보기로 한다.

자기가 되려고 하는 이미지를 똑바로 머리 속에 그리도록 한다. 낮은 곳이 아니고 높은 곳에 자기 이미지를 두는 것이다. 인간은 자기가 그리고 있는 이미지 이상의 인물이 되지 못한다. 나는 평범한 샐러리맨이라고 생각하면 샐러리맨으로서 끝나 버리는 것이고, 사장이 될 수 있다고 생각하면 반드시 사장이 되고 마는 것이다.

인간뿐만 아니라 동물이나 식물도 마찬가지로 자기의 셀프이미지 이상의 존재는 되지 못한다. 나팔꽃은 이미 종자 속에 나팔꽃으로서의 이미지를 품고 있으며 결코 민들레나 튤립은 되지 못한다.

자기 키의 몇 천 배나 점프할 수 있는 벼룩을 유리 상자 안에 사육하면서, 점프를 할 때마다 유리 뚜껑에 부딪치도록 해두면, 나중에 뚜껑을 없애도 그 높이밖에는 뛰지 못하게 되어 버린다. 다시 전혀 점프하지 못할 만큼 천장 유리를 낮게 해두면 점프를 아예 잊어버린 벼룩이 되고 만다.

새끼 코끼리 때에 땅바닥에 박은 한 개의 말뚝에 매어 둔 것이 습관화된 코끼리는 큰 다음에 충분히 그 말뚝을 뽑아 낼 수 있는 힘이 생기더라도 결코 도망치지 못한다.

이처럼 스스로 자기 틀을 정해 버리는 것을 '자기 한정'이라고 말하며 자기 한정을 해버리고 나면 본래 갖고 있는 힘조차도 다 발휘하지 못하게 된다.

자기 이미지는 될 수 있는 한 높은 곳에 두어야만 한다. 자기 이미지는 높으면 높을수록 바람직하다. 가능하다면 무한한 높이에 두는 것이 좋다.

45. 성공의 황금률은 이것이다

사람은 사람과 사람 사이에서 생활하기 때문에 '人間'이라고 말한다. 아무리 사람을 싫어하는 사람이라도 혼자서는 살아가지 못한다. 그렇기 때문에 좋은 인간 관계를 맺는 것이 인생을 살아가는 데 있어서 성공의 열쇠가 된다.

지구상에는 많은 사람들이 있다. 성공자도 있고 낙오자도 있다. 그리고 압도적으로 많은 것이 보통 사람이다. 많은 사람들이 성공을 바라면서도 성공하지 못하는 것은 어째서일까? 그것은 성공의 법칙을 따르지 않기 때문이다.

동서고금을 통해 공통되는 성공의 황금률은 한마디로 '이타주의(利他主義)'이다.

동양에는 '자기가 바라지 않는 것을 남에게 베풀지 말라'(논어)는 말이 있고, 서양에는 '자기가 바라는 것을 남에게 베풀어라'(성경)는 말이 있다.

'손님에게 봉사를 계속하면 이익은 저절로 뒤따라온다' 라고 하는 것이 마쓰시타 고노스케의 경영 이념이었다. 이 한 줄의 이념이 있었기 때문에 오늘날 세계적인 내셔널(National)이 될 수 있었던 것이다.

"남의 기쁨을 나의 기쁨으로 한다. 이것이야말로 정성이 담긴 마음이다."

이 말은 나카무라 덴푸 선생의 말씀인데, 인종을 넘어 인류 공통의 보편적 진리이다.

신세대 다치이시 전기의 창시자가 제일 좋아하는 말로서 다음과 같은 것이 있다.

"남을 가장 행복하게 해줄 수 있는 사람만이 가장 행복해질 수 있다."

작은 공장으로 시작해 몇십 년만에 엄청난 대기업으로 성장할 수 있었던 인물의 말인 만큼 과연 그렇구나 하는 생각이 든다.

자신을 사랑하지 못하면서 남을 사랑할 수는 없을 것이다. 그렇기 때문에 남의 '자기를 사랑하는 마음'을 채워 주면 그 사람은 만족하게 될 것이다. 그리고 당신한테 호감을 갖고 협조의 손길을 뻗어 줄 것이다.

성공은 스스로 쟁취하는 것이 아니라 남이 밀어 올려주는 것이다. 왜냐하면 우리는 본래가 사람과 사람 사이에 사는 인간인 까닭이다.

자기가 성공하지 못하는 것은 누구누구가 협력해 주지 않기 때문이라든가, 승진 운이 돌아오지 않는 것은 상사가 인정해 주지 않기 때문이라든가 하면서 모든 실패를 남의 탓으로 돌리는 타입의 사람한테는 절대로 성공이 다가오지 않는다.

성공은 사람들 덕분이며, 실패는 자기 책임이라고 생각할 수 있는 사람만이 성공을 따낼 수 있다.

이기주의자는 패배자가 된다. 만성병이 낫지 않는 것은 오로지 이기주의 때문이다. 병이 든 사람, 노이로제가 된 사람을 보면 알 것이다. 오로지 자기 말만 하고 있으니까.

"남이 뭘 해주기를 바라기보다는 자기가 남에게 뭘 해줄 수 있는가를 진지하게 생각하라!"

성공의 황금률은 봉사하는 마음과 서비스 정신에 있다.

영어로도 대접하는 것을 '호스피타리티(Hospitality)'라고 말한다. 어원은 호스피탈(병원)이다. 어떤 때라도 연중 무휴로 구급체제를 펴고 있는 것이다.

'연중 무휴 24시간 문 열고 있습니다' 하는 것을 캐치프레이즈로 한 컨비니언스 스토어가 순식간에 전국적으로 확산된 것도 그 서비스 정신이 대중에게 어필되었기 때문이다.

어떤 부동산 회사는 '5분 이내에 꼭 담당자에게 연락하도록 하겠습니다' 하는 것을 내걸고 고객의 신뢰를 얻어서 급성장하고 있다.

내가 학창 시절에 짐을 어디론가 부친 적이 있었는데, 철도역까지 무거운 짐을 둘러메고 가져간 다음 그곳에서 꼬리표를 붙여라,

노끈으로 묶어라 하는 등 번잡스런 일을 강요당했었다.

'문앞에서 문앞까지, 언제 어디라도 저렴한 요금으로 배달해 드립니다' 하는 택배 회사의 출현으로 단숨에 업계의 판도가 바뀐 일은 지금도 기억에 새롭다.

지금은 아무리 큰 회사라 할지라도 고객을 무시하는 기업은 망해 버리고 만다.

이 세상엔 엄연히 존재하는 법칙이 있다. '빼앗으면 빼앗긴다', '베풀면 얻는다', '사랑하면 사랑 받는다' 등이 곧 그것이다. 물리학에서 말하는 '작용 반작용의 법칙' 이다.

사람을 소중히 하는 경영자 밑에는 사람이 모여든다. 돈을 소중히 하는 사람에게는 돈이 모여든다. 갖고 있는 돈을 다리미질 해서 쓸 뿐만 아니라, 돈을 쓸 때마다 상냥하게 "새끼를 쳐 가지고 오너라!" 하고 말하는 부호도 있다고 한다.

물건을 소중히 하면 물건이 모여든다. 모든 일에 자기가 먼저 사랑의 감정을 방사함으로써 결국은 몇십 갑절 증폭되어 돌아오는 것이다.

46. 손해보는 것에 담담해져라

벌이가 잘 안 된다고 사람들은 곧잘 말한다. 그런 경영자들이나 장사꾼들은 벌이가 잘 안 되는 원인을 남의 탓으로 돌리거나 환경 탓으로 돌리기 일쑤이다.

경기가 안 좋다, 좋은 인재가 없다, 시간이 없다……, 없는 것뿐이어서 돈벌이가 안 된다! 정말 그럴까? 결코 그렇지 않다고 생각한다.

'벌이'의 비결은 자기 팬을 늘리는 것에 있다. 팬이 늘면 늘수록 돈은 벌리도록 되어 있다. 결국 원인은 다른 데 있는 것이 아니라 자기 또는 자기 회사가 매력이 없다는 데 있는 것이다.

사람은 매력이 있는 곳으로 끌리게끔 되어 있다. 그리고 그 매력에 대해서 돈이라는 대가를 지불하는 것이다.

인간은 이성적 동물이라고 하지만, 그 행동의 표출은 기분이 좋고 나쁜 것으로써 결정된다. 기분 좋은 데는 사람이 모여들고 기분 나쁜 데는 사람이 얼씬도 하지 않는다.

벌이가 안 된다고 말하기 전에 사람들의 기분을 좋게 만드는 '매력 가꾸기' 에 힘쓰는 것이 좋을 것이다.

밝은 곳, 명랑한 곳, 그리고 따뜻한 곳은 사람들에게 좋은 기분을 선사한다.

'봄바람처럼 사람을 대하고 늦가을 서릿발처럼 자신을 타이른다' 는 말이 있다. 남에게는 봄바람 같은 따뜻함으로 대하고 자신은 늦가을 서릿발처럼 냉엄하게 다스리는 사람이 매력적인 사람이다.

세계 최대 최강의 세일즈맨 중 한 사람은 예수라고 한다.

맨손으로 몸을 일으켜서 전세계에 자기 상품(기독교)을 판매한 사람이니까. 더구나 그는 스스로 아무런 선전도 판매를 위한 조직도 만든 일이 없다.

자기 손님을 한 사람 두 사람 팬으로 만들어 나갔을 때 입에서 입으로 자꾸만 그 소문이 퍼져 나가게 마련이다. 자기 손님을 세일즈맨으로 삼는 것, 즉 입을 통한 판매가 가장 효과적인 판매이다.

사람이란 세일즈맨이 말하는 것은 신용하지 않더라도, 친구가 권해 주는 상품은 사 볼까 하는 마음이 생기게 마련이다. 그러기 위해서는 한 사람, 한 사람의 고객에게 만족을 주지 않으면 안 된

다. 때로는 손해를 본다고 생각되는 일이라도 과감히 선택해야만
한다.

경영의 귀재로 불리는 마쓰시타 고노스케가 말한 장사할 때 지
켜야 할 10개 조항 가운데는 귀를 기울일 만한 것들이 많이 있다.

"반품하러 온 손님한테는 특별히 웃는 얼굴로 대하라."
이것은 매우 어려운 일이다.
"단돈 1원짜리 물건을 사는 손님이라도 소중히 대하라."
이것도 역시 귀찮게 생각되는 일이다.
"크레임은 신의 목소리라고 생각하고 명심해서 대처하라."

인간은 싫은 소리는 듣고 싶어하지 않지만 크레임이야말로 손님
의 가슴 속에 뛰어드는 절호의 찬스인 것이다.
"인생에서 가장 싫은 일, 손해 보는 장면에서 미소를 갖고 담담
해져라."
이 말은 다마가와 대학 정문 연못가의 돌에 새겨진 유명한 말이
다.

미소를 가지고 고생을 낙으로 삼을 수 있을 만큼 마음이 강한 사
람은 행복하다. 괴로움을 이겨냈기 때문에 인간은 거기에서 매력을
느끼는 것이다.

자기 이익만을 생각하는 사람에게는 사람들이 가까이하지 않는
다. 자기 이익만을 생각하는 사람은 봉사하는 일에 인색하다. 그러

나 이 세상은 참으로 잘 되어 있어서 순환의 법칙이 작용하고 있다. 즉 내놓으면 들어오게 되어 있다. 내놓지 않고 자물쇠를 채워 두고만 있으면 정체가 되어 발전이 이루어지지 않는다.

고인 물은 썩게 마련이다. 물은 흐르기 때문에 언제나 맑은 것이다. 돈도 순환시킴으로써 늘어난다.

살아 있는 것들은 모두 자기 스스로를 사랑한다고 한다. 인간도 자기 자신이 제일 소중함은 두말할 나위가 없다. 그렇기 때문에 사람은 '이타(利他)'에 중점을 두어야만 비로소 밸런스가 잡히는 것이다.

지옥에서는 한가운데에 맛있는 음식을 놓고 양쪽에 앉아 젓가락을 뻗어서 자기 입으로 먹을 것을 가져오게 되어 있는데, 그 젓가락이 너무나 길어서 쉽사리 먹지를 못한다. 극락에서는 똑같은 조건인데도 서로 벙글벙글 웃으면서 반대편 사람의 입에 음식을 먹여주고 있다. 이런 것을 공존공영의 세계라고 한다.

남에게서 얼마만큼 받느냐 하는 것보다 남에게 얼마만큼 봉사할 수 있느냐 하는 것이 중요하다.

벌이란 금액의 액수로 나타나는 것이지만 많은 사람은 이 금액의 '금(金)'에만 눈이 팔려서 '액(額)'이란 글씨를 잊고 만다. '액(額)'이란 한다 그대로 손님이 늘어선 페이지(客＋頁)라는 뜻이다. 즉 손님의 이름이 가득 담겨 있는 페이지는 고객 리스트를 뜻한다.

　　고객 리스트를 정비한다는 것은 한사람 한사람 고객의 정보에 주의를 기울이고 개별적 대응을 친절하게 하는 것이다. 그러니까 단골손님을 얼마나 많이 붙잡는가 하는 데에 장사의 성패가 달려 있다고 해도 과언이 아니다. 친절은 상인의 최고 매력이다. 친절을 싫어하는 손님은 세상에 없다.

47. 작은 성공을 여러 차례 경험하라

'천리 길도 한 걸음부터!' 라는 말이 있다. 일을 한꺼번에 해치우려고 하면 스트레스가 쌓인다. 작게 분해해서 하나씩 하나씩 처리해 나가야만 한다. 인간은 한 번에 한 가지 일밖에 할 수 없다.

넓은 마당을 청소해야 할 때 한꺼번에 하려고 하니까 피곤한 것이다. 조그만 구역으로 갈라서 그 칸을 하나씩 하나씩 해나가는 것, 이것이 해결의 포인트다.

작은 일의 성공 체험을 쌓아 가는 동안에 '해냈다' 하는 자신감이 생기게 되고, 그 자신감이 계속 다음의 성공을 불러들인다. 어떤 위대한 사업도 먼저 딛고 나설 때는 첫걸음부터인 것이다.

나도 이렇게 이 책의 원고를 쓰기 시작해서 800장을 돌파했다.

대개 통근 전철의 왕복길이나 토막난 시간을 효과적으로 이용하여 쓰기 시작한 것이 여기까지 왔다고 생각하니 감개무량하게 느껴진다.

시간이 없다고 하는 것은 새빨간 거짓말이다. 아무리 바쁘더라도 시간은 만들어 낼 수 있다. 나는 한두 장이라도 원고가 늘어나면 마음마저 즐거워지곤 한다.

그리고 두꺼워진 원고지 묶음을 쥐고 그 무게가 주는 쾌감을 맛본다. 이 책이 책방에 나간 다음, 여러 사람들이 자꾸 자꾸 사 가는 것을 상상만 해도 가슴이 울렁거린다. 물론 읽어 주시는 분들이 이 책으로 인해 힘과 힌트를 얻고 자기 인생 건설에 성공할 수 있게 되도록 빌고 있다.

나의 경우 요가와의 만남으로 인해 어려운 고비에서 다시 살아났을 뿐 아니라 주재원 생활이라는 꿈까지도 실현되었다. 그 과정에서 영어 회화를 마스터할 수 있었던 것도 이 작은 성공 체험을 쌓아올린 결과였던 것이다.

엄청나게 값비싼 어학 테이프를 사들여서 '자아, 시작해야지!' 하고 마음을 다져먹어도 그 마음은 작심삼일이 되고 만다.

지금 되돌아보면 영어 회화를 배우는 데 제일 공부가 되었던 것은 NHK의 라디오 영어 회화를 녹음하여, 그 테이프를 마치 생방송을 듣는 기분으로 통근길에 꼭 한번씩 진지하게 들은 것이 결정적이었던 것 같다.

　영어 회화의 1주일 분을 외웠는지 어떤지를 매주 친구와 서로 체크하고, 혹시 외우지 않았다면 차를 한잔 사기로 약속했던 일도 좋았다고 생각한다. 지금도 외우기 위해서 필사적으로 노력했던 때의 일, 또 그때 그 테이프 속의 목소리가 귀에 쟁쟁하다. 그것을 몇 년 계속하는 동안에 스스로도 놀랄만큼 회화 실력이 불어났던 것이다. 낙숫물이 주춧돌을 뚫은 격이라고나 할까.

　사람들은 성공자를 보고 부러워하면서 자기도 저렇게 되었으면 하고 생각한다. 그러나 성공한 사람의 이면에는 남 모르는 노력과 끈질긴 집념이 있다. 한꺼번에 큰 일을 하려다 실패하면 아무 것도 얻지 못한다. 작은 일을 쌓아올리다 보면 커다란 성공도 이루어지는 것이다.

　사람에게 매일 주어진 시간은 평등하게 24시간이다. 이 얼마나 공평한가! ‘시간은 돈이다’ 라고 하는 것보다는 ‘시간은 목숨이다’ 라고 하는 것이 옳을 것이다. 그 주어진 시간 속에서 어떻게 토막난 시간을 유용하게 활용하느냐에 따라 인생은 크게 달라지기 때문이다.

　내 고향 사람 이야기를 해볼까 한다. 그는 불우한 가정 환경을 딛고 세계적인 전도사가 되었을 뿐더러 현재 여러 방면에서 크게 활약하고 있다. 그는 엄청나게 많은 일을 해왔음에도 불구하고 최근엔 노이로제 환자를 위한 카운슬링 치료를 위해 ‘휴먼크리닉’을 설립하여 운영하고 있다. 의사도 아닌 문외한이 말이다. 지금은 그의 소문이 전국에 알려져 대단한 성황을 이루고 있다.

그는 잠잘 새도 없을 만큼 바쁘다. 그야말로 연중 무휴, 24시간 서비스 체제이다.

그는 지금까지 자신이 모르는 분야였던 카운슬링을 공부하는 시간을 어떻게 만들어 냈을까? 그는 양변기에 앉아 있는 시간을 15분으로 하고, 이전부터 여러 가지 잡지를 읽고 있던 것을 그만 두는 대신 대뇌 생리학, 심리학, 정신의학 등의 책을 닥치는 대로 독파해 냈던 것이다.

그 덕분에 지금은 다른 의사들이 손을 들고 만 환자를 데리고 와서 "미안하지만 이 사람은 내가 손 쓰기 어려울 것 같아. 내가 어쩔 수 없으니 자네가 좀 맡아주지 않겠나?"라는 말을 들을 만큼 전문가가 되어 버렸다.

위인과 범인의 차이는 토막 시간을 쪼개 쓰는 데 있다.

로마는 하루아침에 이루어지지 않았다. 한꺼번에 많은 일을 하려고 하면 무리가 따르고 무리가 따르면 싫증이 나게 마련이다. 그래서 결국은 그만두게 된다. 웅대한 계획을 토막을 내고 그 토막 낸 하나 하나를 달성해 나갈 때마다 '해냈다!' 하는 성취감을 마음속으로부터 맛보는 것이 중요하다.

그리고 잘 됐을 때는 자기에 대한 상을 주는 것도 매우 효과적이다.

대개 의지대로 무슨 일인가를 이룩한다는 것은 쉬운 일이 아니

다. 그렇다고 도중에 단념하면 그 좌절감으로 인해 더욱 더 자기
혐오에 빠져들게 된다.

그렇게 되면 자기의 잠재 의식 속에 '나는 무엇을 해도 안 된
다고' 하는 자기비하의 이미지가 새겨져서 하는 일마다 자신이 없
고, 무슨 일을 하든 거듭 실패를 되풀이하게 되고 만다.

작아도 좋으니까 일의 성취감을 맛보고 자신을 칭찬하고 달래
주도록 한다. 성공자들은 이 작은 성취감을 몇 번이고 소중하게
경험해 온 사람들이다. 크게 성공한 사람들은 결코 실패를 인정
하지 않았던 사람들이다. 또 자기한테 쏟아지는 비방이나 모략도
모두 유용한 칭찬으로 받아들일 수 있었던 사람들이다.

목표를 작게 구분해서 우선 순위가 높은 것부터 차례로 하나
씩 이룩해 나가도록 한다. 그리고 하나하나 성취감을 맛보는 것
이다. 대나무가 강한 이유는 마디가 있기 때문이다. 마디마디를
단단하게 만들어감으로써 나긋나긋하고 강인한 대나무 같은 삶
을 누릴 수 있게 된다.

48. 당신은 재수가 있습니까?

대부분 재수가 좋은 사람은 대단히 낙천적인 사람이다

즉 어떠한 좋지 못한 사건이나 일에 대해서도

항상 '나는 재수가 좋아! 운이 좋아!'하고 생각하는 사람이다

내셔널 전기 그룹의 총수 마쓰시타 고노스케는 직원을 채용할 때, "당신은 재수가 있다고 생각합니까?"라는 질문을 꼭 했었다고 한다. 서슴없이 "네."하고 대답한 사람은 다른 필기 시험을 젖혀두고 우선 합격시켰다는 것이다.

'재수 있기를 바란다면 재수 있는 사람과 어울려라'라는 말이 있다. 재수가 없는 사람과 어울리고 있노라면 자기 재수까지도 놓치고 만다.

유명한 인생 카운슬러 후나이유키오 씨는 재수가 있는 것을 '명원소', 재수가 없는 것을 '암병단'이라고 말한다.

사람이란 그 성격에 어울리는 운명을 끌어당기게 되어 있다. 명원소, 즉 밝고 원기 있고 착한 사람한테는 많은 사람이 모여든다. 재수는 사람을 따라다니는 것이므로 사람이 많이 모이면 저절로 재

수가 모이게 마련이다. 암병단, 즉 어둡고 병이 잦고 성급한 사람
에게는 사람도 모이지 않고 재수도 따르지 않는다.

이런 점을 염두에 두고 주위의 사람들을 관찰하면 행운과 불
운의 본질을 잘 알 수 있을 것이다.

마쓰시타 고노스케는 명저『착한 마음이 되기 위해서』라는 책
속에서 성공의 비결은 '착함'이라는 말을 여러 차례 되풀이하고
있다. 그리고 '잔소리는 하늘의 소리라고 생각하고 진정으로 귀
를 기울여라' 하는 말을 사업 경영의 비결로 들고 있다.

남이 하는 말에 귀를 기울일 것, 특히 싫은 말, 듣고 싶지 않은
말을 진지하게 받아들이고 반성의 양식으로 삼는 마음의 자세야
말로 성공의 주춧돌이 된다.

남의 말을 잘 듣는다는 것은 상대방에 대한 호의의 표현이다.
나이 든 사람이 가장 쓸쓸하게 생각할 때는 아무도 자기 말을 들
어주지 않게 되었을 때이다. 최상의 세일즈맨이란 실은 남의 말
을 잘 듣는 사람을 말한다. 결코 청산유수처럼 이야기 잘 하는 사
람이 아니다.

물이 높은 데서 낮은 데로 흐르는 것과 마찬가지로 스스로 자
세를 낮게 하고 경청하는 자세를 취하고 있노라면 여러 가지 정
보가 귓속으로 들어온다. 상대방을 기분 좋게 만들어 주고 정보
는 공짜로 받아들인다. 이렇게 기분 좋은 일이 세상에 또 있을까?

'웅변 학원'은 있지만 '듣기 학원'이 없다는 것은 참으로 이상
한 일이다. 카운슬러의 역할은 그저 들어주기만 하면 되는 것이

라고 한다. 잘 들어주기만 해도 그 사람의 고민은 해소된다는 것이다. 물론 카운슬러를 상대로 잔소리만 늘어놓는 사람은 영원히 고민을 해결하지 못할 테지만.

운수에는 '유집(類集)의 법칙'이란 것이 있다. 재수가 있는 사람은 재수가 있는 사람을 끌어당기기 마련이고, 재수가 없는 사람은 재수가 없는 사람을 끌어당기기 마련이라는 것이다. 같은 파장끼리는 편안하기 때문에 서로 끌어당긴다는 것이다. 그런 점에서 '동병상련'이란 그럴듯한 말이라고 할 수 있다.

1년에 한 번쯤은 자신의 교우관계를 점검해 볼 필요가 있다. 그리고 재수가 없는 사람의 영향력을 받지 않을 만큼의 강력한 파워를 갖지 못했다면 그런 사람과의 관계를 끊는 용기가 필요하다.

재수가 있기 위해서는 반드시 자신이 좋아하는 일을 해야만 한다. 그저 먹고 살기 위해 마지못해 하는 일은 가장 좋지 않은 결과를 가져온다. 그러므로 그런 일은 당장 집어치워야만 한다. 그러나 정말로 좋아하는 일, 하고 싶은 일이 없다면 지금 하고 있는 일을 어떻게든 좋아지게 만들어야만 한다.

옛날 나치 포로수용소에서 몇 날이고 두 개의 양동이에 물을 옮겨 담도록 하는 고문이 있었다고 한다. 이런 종류의 작업이 아니라면 어떤 일이라도 노력하는 동안 좋아지게끔 되어 있다. 그리고 좋아하는 일은 잘 하게끔 되어 있다. 잘 하게 되면 자신감도 늘고, 밝

고 건강하게, 그리고 착한 마음도 생겨서 더욱 더 운이 좋게 변화
되어 간다.

대부분 재수가 좋은 사람은 대단히 낙천적인 사람이다. 즉 어
떠한 좋지 못한 사건이나 일에 대해서도 항상 '나는 재수가 좋아!
운이 좋아!' 하고 생각하는 사람이다.

세상에는 터무니없이 나쁜 쪽으로만 생각하는 사람이 많다.

언젠가 내가 상담을 맡은 사람 가운데 이런 사람도 있었다.

"내게는 좋은 일은 하나도 없고 나쁜 일만 일어나요. 어째서
나는 이런 일만 당해야 하는 거죠?"

그래서 내가 물었다.

"도대체 어떤 일을 당하셨습니까?"

"우리 아파트 아래층에 사는 사람이 가스로 자살을 기도해서
하마터면 우리도 불에 타 죽을 뻔했다구요. 그리고 내가 줄 서 있
던 공중전화 부스에서 여자가 날치기를 당하는 장면을 목격한 적
도 있어요."

순간 나는 어의가 없었다.

"왜 좋지 않은 면만을 보고 좋은 면을 보시지 않는 겁니까? 나
같으면 그런 상황을 이렇게 생각하겠습니다. 불이 나서 하마터면
타 죽을 뻔했는데 다행히 살아났다. 나는 얼마나 재수가 좋은가!
또 날치기를 당한 그 여자한테는 안됐지만 내가 날치기를 당한
것은 아니다. 만약 조금만 늦었더라면 내가 날치기를 당했을지도

모른다. 나는 얼마나 재수가 좋은가!"

마쓰시타 고노스케는 젊은 시절 배를 탔는데, 어쩌다 잘못하여 갑판 위에서 미끄러져 바다에 내던졌었다고 한다. 그런데 그 순간 그는, "음, 나는 살 수 있어, 얼마나 재수가 좋은가!" 하고 생각했었다고 한다. 세계적인 내셔널이 될 수 있었던 것은 그의 이런 철저한 낙천적 사고 방식이 있었기 때문이라 할 수 있다.

이 세상에 태어나 현재 살아 있다는 것 자체가 매우 운 좋은 일이다. 깊이 명상해 보면 잘 알 수 있겠지만 조상 대대로 더듬어 올라가면 우리가 태어나게 된 것 자체가 천문학적 확률을 뚫은 결과이다.

몇억 개나 되는 아버지의 정자 중에서 단 한 마리의 정자가 생존 경쟁을 치뤄내고 어머니의 난자와 마주쳐서 우리가 태어난 것이다. 그 한 가지 사실만으로도 우리가 지금 여기에 있다는 사실은 정말로 재수 좋은 일이 아닐 수 없다. 이보다 더 큰 행운이 또 어디에 있을까!

49. 감동을 세일즈하라

감동은 불꽃이다.

불꽃은 증기를 끓게 하고

증기는 기관차를 움직이고

칙칙 폭폭

칙칙 폭폭

감동이여

나의 인생을 끌고 달려라.

이것은 내가 존경하는 스기야마 화백의 글이다.

그의 하루하루는 감동의 연속이다. 55세부터 그리기 시작한 그림일기는 감동의 대작이며, 혼이 담겨져 있어 보는 사람의 마음을 사로잡고 놓아주지 않는다.

'하늘은 사람에게 두 가지를 베풀지 않는다' 고 하지만 스기야마 화백은 그림과 글씨, 그리고 문장력에 보통이 넘는 재능을 갖고 있다.

내가 2년 동안 신세진 어떤 회사의 사장을 따라서 처음으로 화백의 집을 방문했을 때 가장 먼저 눈에 띤 것이 바로 영봉 후지산이었다. 이 산이 갖는 장엄한 바이브레이션이 그 그림에서 뿜어져 나오고 있었다. 그 그림은 화백의 친한 친구인 S씨에게 넘겨지도록 예약된 것이었는데 지금도 나의 마음 속에 새겨진 채 그 이미지가 떠나지 않고 있다.

그가 그리는 그림은 생활에서 가까운 것, 예를 들면 호박이나 게 같은 것들이 많았다. 참으로 리얼하여 마치 진짜 그곳에 있는 것 같은 인상을 받곤 했다.

또 그의 파란만장한 인생 역정은 흥미진진하고 재미있다. 그는 매우 운이 좋은 사람으로서 기적적인 체험을 겪어 왔다.

그가 운이 좋은 것은 인지의 한계를 넘어선다. 그는 어린 시절에 집에서 가까운 곳에 입항한 군함에 매료되어 그걸 꼭 타야겠다는 꿈을 갖고 있었다.

물론 위험하기 짝이 없는 군함에 타는 것을 가족들은 한 사람도 찬성해 주지 않았다. 그 중에서도 할머니의 반대는 완강했다.

그러나 꿈은 계속 갖고 있으면 실현된다고 하지 않았던가! 할머니는 돌아가시기 직전에 드디어 그에게 허락을 해주셨다. 그리고 그때 할머니는 "내가 죽더라도 절대로 너는 지켜줄 거야." 하는 말을 남기고 돌아가셨던 것이다.

그는 그때의 일을 회고하면서 "남에게 베푼 선과(善果)는 반드시 되돌아온다. 남의 기쁨을 생각해 주면 반드시 자기에게 돌아온다."고 기회 있을 때마다 말하곤 하였다.

인생의 한토막 한토막을 그림일기로 만들어 남겨온 그의 생애는 한편의 서정시와도 같았다. 감동할 수 있는 마음을 갖은 사람에게는 특별한 생명력이 솟아나 인생의 성공 역시 자연스럽게 가능해지는 것이다. 그는 나무 한 그루 풀 한 잎에도 감동할 수 있는 마음의 눈을 가지고 있었던 것이다.

하루하루의 생활 속에서 감동할 수 있는 것들을 찾아내는 것으로 우리의 생명력은 싱싱해진다.

예로부터 미간에는 제3의 눈(마음의 눈)이 있다고 전해져 왔으며, 요가에서는 '아즈나 차크라' 라고 부른다. 투시 능력이나 미래를 내다보는 능력도 이 제3의 눈이 열려야 가능하다고 한다.

스리야마 화백 역시 마음의 눈이 열려 있었던 사람으로 야채나 과일 속에서 대자연의 입김을 읽어낼 수 있었고 감동할 수 있었던 분이었다.

"인생은 마음 하나 먹기에 달렸다."

그 좋은 예를 하나 들기로 하자. 종전 후 그는 감자를 재료로 한 엿에 눈길을 돌리고, 이 사업에 손을 댔었다.

그 당시는 단 것이 귀해서 판매는 순조로웠다. 그는 더욱 사업을 확장하기 위해 요즘 말하는 이벤트 상법, 즉 판매 축제에 참가하였다. 아침 일찍 신사 경내의 제일 좋은 장소에 자리를 잡고 시작을 하려는데 그 경내를 자기 구역이라 주장하는 지방 상점연합조합 패거리들과 시비가 붙어버렸다. 교섭 끝에 배정 받은 곳은 제일 구석 자리였다. 막상 시작하려고 하니까 어색했다. 이웃의 잘 아는 사람들이 오면 창피해서 얼굴도 제대로 들 수 없을 것 같았다.

그런데 얼마 뒤 하늘의 계시와도 같은 목소리가 자신의 내부로부터 들려왔다.

'너는 전혀 나쁜 일을 하고 있는 것이 아니야. 처자식을 먹여 살리려고 하는 일이야. 구한 일을 하고 있는 것이니까 자신을 가져야만 해!'

그는 그때부터 갑자기 힘이 솟아올라 숙였던 고개를 들고 가슴을 쫙 폈다. 사람의 눈을 끌기 위해 옆 사람에게 폭죽을 빌려 펑펑 터뜨리며 분위기를 돋구기까지 했다.

얼굴을 아는 사람이 지나갈 때면 적극적으로 붙잡고 세일즈를 했다. 물론 매상은 놀랄만큼 올랐다.

또 한 가지의 일화가 있다. 그가 드디어 동경으로 나오게 되었을 때의 일이다.

그는 감자를 담은 자루에서 힌트를 얻어 자루 만드는 사업을 시작하게 되었다. 자전거를 타고 하루 30집씩이나 돌았는데 한 개도 안 팔리면 누구나 실망하게 마련, 그도 예외는 아니었다. 피곤에 지친 몸이라도 쉴 요량에 산에 올라 신문지를 펴고 누웠는데 또 다시 마음속으로부터 그 목소리가 들렸다.

'30집씩이나 돌면서 노력했다고 하지만 자전거에서 내리지도 않았고, 그저 몸만 내밀고 '안녕하세요, 자루 안 사시겠어요?' 하고 물어보기만 한 것 아닌가? 이래 가지고는 손님이 붙을 까닭이 없다. 동경에서는 인간 관계가 제일 소중하다고 한다. 물건을 팔기보다는 나 자신을 파는 것이다. 좋아, 이제부터는 하루 한 집이라도 좋으니 나 자신을 팔도록 하자.'

이렇게 결심을 한 그는 그날로 장사는 뒷전에 두고 이야기 나누는 것에 열중하였다.

당시 사람들은 군함 '이세'의 이야기를 몹시 듣고 싶어했기 때문에 자기가 해군에 있을 때 경험한 것을 바탕으로 이런저런 이야기를 해 주었다. 그런데 그의 이야기가 몹시 재미있었던지 사람들은, "잠깐 기다려요. 이런 재미있는 이야기를 혼자서 듣기는 너무 아까워요. 아는 사람들을 데리고 올 테니까 기다려 줘요." 이렇게 해서 손님이 손님을 부르고, 드디어 장사도 순조롭게 되었다는 것이다. 무슨 일이고 마음먹기에 따라 이렇게 달라지는 것이다.

이런 이야기를 듣고 있노라면 어느덧 감동이 전해져 와서 듣는 사람조차 마음이 뜨거워짐을 느끼게 된다. 감동은 그래서 불꽃과도 같다는 말이 생겨난 모양이다.

50. 크게 생각하고 작은 것부터 실천하라

미국의 철학자 슈와르츠라는 사람이 쓴 『크게 생각하는 성공의 마술』이라는 책이 있다.

OMRON에서 영업을 하면서 얻은 경험인데, 계획을 세울 때 숫자의 트릭이 있다. 지난해에 비해 영업실적을 10퍼센트라든가 30퍼센트가 아닌 2배로 늘린다는 계획을 세우면 이상하게도 그 수치에 가까워진다.

이런 현상을 슈와르츠는 한 권의 책으로 펴내 크게 생각하는 일의 중요성을 역설하였다.

10퍼센트라든가 30퍼센트 상승이라는 목표는 종래의 연장선상에서 생각할 수밖에 없는 것이지만, 2배로 늘려야 한다면 발상을 180도 전환하지 않으면 안 된다. 그런 필요에 의해 아이디어는 저절로 쏟아지게 마련이다.

OMRON의 창시자 다치이시 씨가 자주 예로 든 흥미로운 이야기가 있다.

지금이야 정보기기 산업의 메카로 자리잡은 회사지만 당시 OMRON은 스위치를 중심으로 하는 자동 제어기 메이커였다. 스위치라고 하지만 일반 가정용이 아닌 눈에 잘 띄지 않는 오토메이션용 마이크로 스위치였다.

스위치에는 조그만 용수철이 내장되어 작동되는 것이 대부분으로 아무래도 수명이 짧았다. 10만 번 정도 쓰는 것이 한계였다.

다치이시 씨는 어느날 고객으로부터 하다못해 100만 번쯤 쓸 수 있는 스위치를 개발할 수 없겠느냐는 부탁을 받게 되었다. 보통 사람이라면 10배나 수명을 늘리는 것은 무리라며 꽁무니를 뺐을텐데 다치이시 씨는 기왕에 다시 만들 바에야 1억 번을 쓸 수 있는 스위치를 만들어야겠다고 생각했다.

자나깨나 그 일만 생각하고 있던 어느날, 무심코 라디오를 듣고 있다가 기발한 아이디어가 떠올랐다.

"앗, 그렇다! 트랜지스터를 이용한 스위치를 만들면 된다!"

그렇게 개발된 것이 업계에서 꿈의 스위치라 불렸던 트랜지스터 스위치인 것이다.

이 스위치가 크게 히트해 오늘날 오토메이션 기기의 최고 메이커로 굳건한 지위를 쌓아올릴 수 있었던 것이다.

비행기를 발명한 라이트 형제나 전구를 발명한 에디슨도 남들이 안 된다, 그만두라고 하는 일을 남들이 뭐라건 할 수 있다는 확신 하나로 결국 해냈던 것이다.

불가능을 가능케 한다는 것, 이 얼마나 유쾌한 일인가! 뭔가 새로운 것을 시도하려고 하면, 비판은 반드시 따르게 마련이다. 그러나 그런 비판은 칭찬의 다른 표현이라고 생각하면 된다. 그러한 비판을 하는 이유는 관심이 있다는 증거이다.

사람은 자기가 생각하는 이미지대로 완성된다. 자기가 샐러리맨이라고 생각하고 있는 사람은 샐러리맨이 되고, 사장이라고 생각하는 사람은 사장이 된다.

지금까지의 수상 가운데 자기는 절대 수상이 될 수 없다고 생각한 사람은 단 한 사람도 없었을 것이다. 자기는 천하장사가 될 수 없다고 굳게 믿고 있던 사람이 천하장사가 된 예도 없을 것이다.

맨처음에는 허풍쟁이 사기꾼이라는 말을 듣더라도, 한번 목표로 한 것이 달성되면 다시 커다란 성공을 거둘 수 있다. 왜냐하면 이번에는 주위의 사람들까지도 저 사람이라면 성공할 거라고 믿어 주기 때문이다.

크게 생각하는 것은 불가능을 가능케 해준다.

일본 광명 사상의 일인자인 다니구치 씨는 "인간은 신의 아들로서 본래가 무한 능력자다."라고 설파하고 있다. 자기 확증이란 자기의 근본을 아는 것이다. 그것은 곧 우주 근원력과의 일체를 의미한다.

나카무라 덴푸 선생이 소리 높여 읊던 자기 확증의 찬가를 소 개하기로 한다.

힘의 찬가

나는 힘이다.

힘의 결정체이다.

어떤 것도 이겨낼 수 있다.

병에도 운명에도,

아니, 온갖 모든 것들을 다 이겨낼 수 있는 힘이 있다.

그렇다!

강하고 강한 힘의 결정체이다.

51. 감정이입으로 사람을 움직여라

상대방의 기분이 되어 보는 것, 이것을 감정이입이라고 한다.

인간은 물론 동물이나 식물까지도 상대방의 기분이 되어 주면 자기에게 호감을 갖게 된다. 즉 사랑을 하면 사랑을 받게 되는 것이 자연의 법칙이다.

같은 화분이라도 하나는 매일 따뜻한 마음으로 말을 걸어 주고, 또 하나는 거칠게 다루며 성장 과정을 관찰해 보면 커다란 차이를 발견하게 된다.

명인이라 불리는 사람의 작품은 그 작품에 애정과 정성이 담겨져 있어 공장에서 대량으로 만들어진 물건과는 느낌 자체가 다르다.

물건에도 마음이 있는 것이다. 미국에서는 월요일에 조립된 차는 사지 않는 게 상식처럼 되어 있다. 휴일 뒤 첫날인 블루 먼데이에 만들어진 차는 사고나 고장을 일으킬 확률이 높다는 것이다.

안절부절못하고 있을 때, 슬퍼하고 있을 때, 화가 나 있을 때는 호흡이 흐트러져 있고, 실제로 내뱉는 입김에 독이 담겨져 있다고 한다. 그때의 입김을 모아 액체로 응고시켜 몰모트에게 주사하면 초조해하다가 끝내 병들고 만다는 것이다.

개나 고양이라도 이쪽에서 적대감을 갖고 있지 않으면 전혀 덤비지 않지만 조금이라도 건드리려고 하는 마음이 있으면 금방 이빨을 드러내고 으르렁거린다.

나카무라 선생이 인도의 어느 산 속 마을로 들어가 그곳에서 나날을 보내던 어느날, 한 어린아이가 말의 뒷다리를 붙잡으려고 하는 광경을 목격했다. 순간, 선생은 자기도 모르게, "앗 위험해!"하고 소리쳤다. "빨리 어린애를 멀리하지 않으면 위험해!"하고 옆 사람에게 명령하듯 소리치니까, 그 사람은 이상한 듯한 얼굴을 한 채, "도대체 뭐가 위험하다는 거죠?"하고 반문했다.

"저것 봐, 저 애는 말한테 걷어차이고 말 거요!"

"말한테 걷어차인다구요? 당신네 나라에서는 말이 사람을 걷어찬단 말인가요? 여기서는 말하고 사람이 제일 가까운 친구라구요."

그런데 가만히 지켜보니 말과 어린애는 서로 장난을 치면서 놀고 있었고, 말은 전혀 걷어찰 기미를 보이지 않았다. 그 광경에 선생은 몹시 감탄했다고 한다.

만약 인간이 동물한테 전혀 위해를 주지 않는다면 동물은 틀림없이 사람을 잘 따를 것이다. 사람이 가까이 가도 새나 물고기가 전혀 도망치지 않는 낙원이 있다고 하지 않던가!

어린이 교육에 있어서 '눈 높이를 어린이와 함께' 한다는 '눈 높이 테크닉'이 있다. 어린이와 이야기할 때 어른이 몸을 굽히고 어린이와 같은 눈 높이에서 대화를 나누면 마음이 잘 통한다는 것이다.

어린이의 눈 높이에서 주위의 것을 보면 눈에 익은 경치라도 전혀 다르게 보인다. 누구나 어릴 때 나서 자란 집이 매우 크게 보이던 기억이 있을 것이다. 이따금 고향에라도 내려가면 이렇게 작은 데서 살았던가 싶을 정도로······.

러브레터도 진심을 담아서 쓰면 상대방의 마음에 가 닿는다. "당신을 사랑합니다." "사랑하고 있어요." 이런 말을 듣고 기분 상할 사람은 거의 없을 것이다.

주변에 있는 물건도 늘 애용하면 그 사람의 정성이 담겨 쓰기 매우 편하게 된다.

빈집은 금방 상한다는 사실도 묘한 일이다. 지금까지 현역으로 정력적으로 일을 해 오던 사람이 은퇴해서 아무도 돌아보지 않게 돼 갑자기 늙어 버렸다는 이야기를 이따금 듣게 된다.

사람이고 돈이고 소중히 하면 할수록 많이 모이는 것이다.

사람을 소중히 하는 경영자에게 우수한 사람이 모여든다. 인심을 얻는다는 것은 얼마만큼 상대방에 대한 감정이입을 잘 할 수 있느냐에 달려 있는 것이다.

이론이나 이치만 따져서는 사람을 움직이지 못한다. 아무리 이론적으로 남을 굴복시켰다 하더라도 감정적으로 싫으면 자기를 따르지 않는 것이다.

특히 위에 서는 사람은 권력이 있는 만큼 아랫사람이 본심을 털어놓기 어렵다. 부하들의 표출되지 않는 기분을 받아 주는 일이 필요하다. 이 사람 일이라면 발벗고 나서야지 하는 사람이 많이 생기도록 덕을 쌓아야만 한다.

그런 마음이 들게 만드는 데는 상대방의 감정에 강하게 호소하는 것이 효과적이다. 히틀러도 사람들의 감정에 강하게 호소함으로써 그 많은 독일 국민을 통솔했던 것이다.

미국의 호세 실버라는 사람에 의해 개발되어 전세계에 퍼져 있는 실버 마인드 컨트롤이라는 잠재 능력 개발법이 있다. 그 훈련 가운데 ESP(Effective Sensory Projection) 훈련이라는 것이 있다. 간단히 설명하면, 맨처음에는 금속 같은 무기물에, 그리고 익숙해지는 데 따라서 식물, 동물, 그리고 마지막으로는 인간에게 감각을 투입해 나가는 훈련이다.

이 방법도 매우 효과적인 감정이입 테크닉이라 할 수 있다. 감

정이입에도 천부적 재능이 있는 사람이 있지만, 그렇지 않더라도
이와 같은 훈련에 의해서 얼마든지 개발될 수 있다.

52. 이팔법칙을 활용하라

중요도가 높은 일부터 차례로 20퍼센트를 해치우고 나면
80퍼센트의 일은 저절로 해결된다

밀가루 20퍼센트에 메밀가루 80퍼센트의 이팔 메밀국수가 가장 맛있다고 한다. 바로 이 이팔, 그러니까 20대 80의 법칙이 이 세상에는 존재한다.

기업에서나 상점에서나 대개 20퍼센트의 단골 손님에 의한 매상고가 80퍼센트를 차지하고 있다. 또 20퍼센트의 사람들이 리더로서 조직을 이끌고 있다. 대개의 경우 20퍼센트의 세일즈맨이 80퍼센트의 매상을 올리고 있는 경우가 보통이다.

야구에서도 팀의 총득점의 80퍼센트는 20퍼센트의 선수에 의해서 얻어지는 것이 아닐까? 또 상점에서는 20퍼센트의 구색을 갖춘 재고를 갖게 됨으로써 80퍼센트의 매상을 커버할 수 있는 것이다.

중요도가 높은 일부터 차례로 20퍼센트를 해치우고 나면 80퍼

센트의 일은 저절로 해결된다. 그래서 일이든 뭐든 잘 해치울 수 있는 사람은 우선 순위를 매기는 데 이골이 나 있다.

능률을 중요시하는 미국의 비즈니스 스쿨에서는 타임 매니지먼트, 즉 시간 관리의 수법으로 우선 순위를 매기는 방법을 제일 먼저 가르친다.

요령이 나쁜 사람은 그저 흘러가는 대로 일을 처리하고 있기 때문에 남는 것은 단지 혼란스러움과 피로감뿐인 것이다.

미인이라 불리는 사람은 전체의 20퍼센트 정도로 나머지 80퍼센트는 보통이거나 박색이다. 그 20퍼센트의 미녀만을 상대하고 있게 되면 압도적으로 많은 다수의 보통 여자들로부터 외면을 당하게 된다. 이 사실은 남자라면 누구나 잘 알고 있을 것이다.

세상에 존재하는 부의 80퍼센트, 즉 대부분의 부는 소수 20퍼센트의 사람들에게 소유되어 있으며, 나머지 20퍼센트 정도의 부를 80퍼센트 정도의 많은 사람들이 나누어 갖고 있다. 어쨌든 이것은 사실이다.

이래서는 불공평하다고 전원이 똑같이 나누고, 전원이 같은 스타트 라인에서 '준비, 탕!' 하고 다시 출발을 한다면 어떻게 될까? 어느 정도의 세월이 지나고 보면, 역시 거의 원래의 상태로 되돌아간다. 그러니까 부자였던 사람에게는 다시 부가 모이고, 가난했던 사람들에게서는 다시 부가 떠나게 된다.

성경 말씀에 의하면 '부자는 더욱 부자가 되고 가난한 자는 더욱 빼앗긴다'고 한다. 물론 이 경우는 마음의 부를 말하고 있는 것이다. 요가 철학에서는 마음속이 넉넉하면 모든 일이 저절로 넉넉해진다고 가르친다.

성공의 길을 걷는 비결은 어떻게 상위 20퍼센트의 사람들 그룹에 속하는가 하는 데 있다.

선천적인 재능은 특별한 소수를 제외하고는 엇비슷한데 어째서 성공하는 사람과 실패하는 사람이 나오는 것일까? 그것은 그 사람이 갖는 의식의 차이 때문이라고 할 수 있다. 의식이 변하면 성격이 변한다. 성격이 변하면 행동이 변하고, 행동이 변하면 운명이 변한다.

평론가인 고바야시 히데오 씨의 명언이 있다.

"사람은 누구나 그 사람의 성격에 걸맞는 운명과 마주치게 되어 있다."

상위 20퍼센트의 사람들 그룹에 끼어들려면 의식을 바꾸고 다이아몬드 같은 빛을 발하는 사람이 되어야만 한다.

다이아몬드는 왜 사람들을 매료시키고 값도 비싼 것일까?

그것은 그 안에 영롱한 빛을 간직하고 있기 때문이다. 빛이 없는 보통의 돌멩이라면 아무도 돌아보지 않는다. 그것은 사람의 경우도 마찬가지이다. 항상 정열적이고 반짝반짝 빛나는 사람에게는 사람들이 몰리고 부가 찾아온다.

그래서 자신을 갈고 닦고 높이는 것이 성공과 번영과 행복을 쟁취하는 지름길인 것이다. 또한 다이아몬드와 같은 빛을 간직한 사람이 되기 위해서는 꼭 남보다 한발 앞서 있어야 한다.

100미터 경기에서 금메달 리스트와 은메달 리스트의 차이는 불과 0.1초이다. 그러나 그 영광의 차이는 수백 배쯤 된다. 야구 선수도 10투에 3타를 치는 것과 2타를 치는 것은 인기와 보수 면에 있어서 하늘과 땅 차이다. 또한 골프 토너먼트에서 상금을 획득할 수 있는 것도 겨우 한두 타 차이인 것이다.

사람에게 하루 주어진 시간은 24시간, 눈은 둘이고, 입은 하나, 호흡은 코로밖에 쉬지 못한다. 장관, 또는 사장이라 할지라도 배꼽은 단 하나뿐이다. 같은 인간이기 때문에 육체적 차이는 없는 것이다.

그러나 근소한 차이가 커다란 차이를 낳는다. 그 근소한 차이를 극복하기 위해서 그늘진 곳에서 남모르는 노력을 계속해야만 한다.

남보다 20퍼센트 더 노력한 것으로는 아직 부족하다. 50퍼센트를 더 노력하면 부러움을 살는지 모른다. 80퍼센트를 더 노력하면 칭찬으로 바뀔 것이다. 두 배나 더 노력을 하면 이제 비로소 존경의 대상이 될 것이다. 그 다음은 운이라고 할 수 있다.

운을 끌어당기기 위한 방법을 여러 가지 말했지만, 다이아몬드와 같은 빛을 가진 사람에게 운이 저절로 굴러 들어오기 마련이다.

그러기 위해서는 자기가 하는 일을 무엇보다도 좋아할 것, 사명감에 불타고 있을 것, 그리고 정열을 쏟아 붓고 있을 것 등이 필요하다.

즐기면서 노력하라. 그러면 일 자체가 즐거움이 될 것이다. 그리고 자연스럽게 20퍼센트의 사람들 속에 끼어 들게 될 것이다. 자기한테 여유가 생기고 나서야 남에게 인정도 베풀 수가 있다.

53. 전체를 파악하고 이익을 생각하라

바둑을 둘 때 '착안대국(着眼大局), 착수소국(着手小局)'이란 말이 있다. 꿈을 꿀 때는 크게, 그리고 실현해 나갈 때는 한발 한발 착실하게 밟아 나가라는 의미이다.

전략전술론을 유행시키고 정세판단·두뇌개발 등의 분야에서 크게 활약한 고(故) 시로노 히로시 씨는 "항상 중심점을 밝게 하고 중심과 뼈대로 생각하는 습관을 만들자."고 늘 강조하였다.

예를 들면 이란과 이라크가 큰 전투를 벌였다는 뉴스가 있으면 사람들은 으레 이란·이라크의 전국토가 초토화된 것처럼 상상한다. 이웃 나라에서 데모가 연발하고 있다는 기사가 실리면 이웃 나라 전역에서 대대적인 데모가 벌어진 듯한 인상을 받는다.

또 신문을 펼쳐 들면 국토 전역에서 교통 사고가 발생하고 사건이 일어나고 있는 듯한 인상을 받는다. 그러나 냉정하게 생각해 보면 모든 뉴스는 특별한 사건만을 싣고 있는 것이다.

이익을 판단하기 위해 전체를 생각한다는 것은 중요한 일이다. 다섯 사람의 소경이 코끼리를 말하는데, 어떤 사람은 귀를 만져 보고 부채처럼 생겼다고 하고, 어떤 사람은 꼬리를 만져 보고 로프와 같다고 하고, 어떤 사람은 코를 만져 보고 통나무 같다고 하고, 어떤 사람은 다리를 만져 보고 기둥 같다고 하고, 어떤 사람은 몸을 만져 보고 벽과 같다고 했다는 이야기가 있다. 모두 다 코끼리의 일부인 것은 틀림없지만 코끼리 전체를 파악하지 못했기 때문에 우스꽝스런 표현들만 난무한 것이다.

회사의 최고 지위에 있는 사람이 사소한 일에 흔들리고 대국적인 조류를 장악하지 못하면 크건 작건 회사가 기우뚱거리고 만다. 그러므로 대국적 조류를 장악해야만 한다. 대국적 조류를 장악하게 되면 기업도 꾸준히 발전해 나가기 마련이다.

대국관을 기르자면 어떻게 하는 것이 좋을까? 이것은 아무리 공부를 해도, 설명을 해도 이해되지 않는 것이다. 단정적으로 말하자면 대국관은 감수성을 높여야 생기는 것이다. 감수성을 높이는 지름길은 명상이다.

동물은 말을 하지 못한다. 말에 의한 커뮤니케이션 수단을 갖지 못하기 때문에 동물은 살아남기 위해 감수성을 높일 수밖에 없었던 것이다.

때문에 야생동물의 감수성은 놀라울 정도로 높다. 지진이나 재해를 미리 아는 능력은 이미 널리 알려진 사실이다. 야생의 환경에서 살아남기 위해서는 감각을 날카롭게 하여 육감을 기를 필요가 있는 것이다. 그렇다면 인간도 말을 많이 할 것이 아니라 침묵을 유지하면 감수성이 높아진다는 것을 쉽사리 짐작할 수 있으리라 생각한다.

오랜 명상으로 깨달음을 얻은 사람들이 사람의 얼굴을 보기만 해도 마음을 읽어 내거나, 모든 일의 본질과 전체상을 한눈에 파악한다는 것은 별로 놀라운 일이 아니다. 석가모니도 보리수 아래에서 명상으로 깨우침을 얻었다고 한다. 명상에 의해서 우주의 전체상을 순간적으로 파악할 수 있었던 것이다.

이성이나 지성을 아무리 개발한다 할지라도 알 수 없는 것들이 점점 늘어나고 있다. 옛날 사람보다 현대 사람들 편이 확실히 여러 가지 것들을 많이 알고 있지만, 그렇다고 해서 과연 옛날 사람보다 고민이나 괴로움이 적어졌다고 할 수 있을까?

아침에는 날이 샘과 동시에 일어나고, 낮에는 들짐승을 찾아서 하루 종일 들과 산을 헤매고, 밤이면 잔치와 춤으로 시끄럽고, 그리고 기도를 올리고 잠이 드는 원시 시대의 사람들 편이 훨씬 행복했을지도 모를 일이다.

그러나 지금 그런 생활로 되돌아갈 수는 없는 일이다. 지금의 문명 사회 속에서 부자연스런 생활을 할지언정 스트레스를 몰아내려고 힘쓰지 않으면 안 된다. 명상은 스트레스를 해소시켜 주는 가장 훌륭한 방법이다.

54. 행운을 부르는 대인 관계 테크닉

잘 듣는 사람은 말도 잘 한다
잘 들어줌으로써 상대방의 자기 중요감을 높여 주고나면
그와의 관계는 자연스럽게 좋아진다

인생 성공의 비결, 그것은 대인 관계 속에 있다. 사람은 사람과 사람 사이에서 살아가기 때문에 인간이라고 하듯, 사람은 대인 관계를 빼고 성공을 말하기 어렵다.

어떻게 상대방의 마음속으로 들어가 자기를 파느냐가 언제나 관건이 된다.

말만 번지르르하게 하거나 얼렁뚱땅 하는 표면적 테크닉만으로는 자기를 인정시킬 수 없다.

고(故) 시로노 히로시 씨는 전략과 전술을 언제나 가려 쓰라고 강조한 바 있다. 특히 자신이 사는 법의 근본에 관련된 전략 이외의 것은, 그러니까 전술 부분은 많이 양보하라는 것이다. 아무렇게 해도 현실적으로 피해가 없는 것들을 과감히 양보함으로써 상대방을 높여 주라는 것이다.

'다른 사람을 높여 자기 주면 곳간이 찬다'고 캬바레 왕 H씨는 말한다. 온갖 고생을 다 겪은 사람의 함축성 있는 말이라고 생각된다. 토론을 심하게 끌고가면 토론에서 이기더라도 사람이 따르지 않는다. 그만큼 인간의 이성은 약하고 감성은 강한 것이다.

인간이란 아무리 이성적인 사람이라 할지라도 감정의 동물이다. 일상적인 것들은 대개 직접적인 이익과는 상관이 없는 것들이다. 흑백논리로 결판나는 것도 아니므로 대폭 양보해서 상대방을 높여 주는 것이 좋다.

인간은 누구나 자기를 사랑한다. 단체로 소풍을 가서 찍은 기념 사진이 나오면 우선 맨먼저 누구를 보는가? 물론 자기 자신의 얼굴이다.

문장을 좋아하는 사람이라면 누구나 경험이 있겠지만 자기가 투고한 수필이난 시가 신문이나 잡지에 게재되었을 때 맨먼저 눈이 가는 것은 자기 작품이다.

인간은 누구나 자기가 가장 소중한 것이다. 이것을 '자기 중요감'이라고 부른다. '자기 중요감'이란 좋다 나쁘다 말하긴 어렵지만, 이것이 바로 인간의 본성이라는 점에는 누구도 이의가 없을 것이다.

바보 취급당하기 싫다, 무시당하고 싶지 않다는 기분은 누구라도 갖고 있는 것이다. 인간은 남에게 무시당할 때 가장 괴로운 것이다.

우리 나라도 노인 문제가 더욱 심각해져 가고 있다. 나이 많은 사람에게 있어서 제일 쓸쓸한 것은 자기는 이제 세상에서는 쓸모가 없어졌고, 심지어 자식들도 상대해 주지 않게 되었다고 생각하는 단절감이다. 언제까지나 남에게 힘이 될 수 있는 위치에 있고 싶은 것이 모든 사람들 공통의 심정이다.

그러므로 대인 관계의 기술을 높이는 데는 인간이 갖고 있는 자기 중요감을 부추겨 주는 일이 필요하다. 그러기 위해서는 우선 상대방의 이름부터 외워둘 필요가 있다.

이리마 컨트리클럽의 명물, 프론트의 하세가와 히로코 양은 아름답고 멋있는 여성이다. 그녀는 1만 명의 얼굴과 이름을 외우고 있다고 한다. 꼭 한 번 이 클럽에 왔던 사람의 얼굴과 이름까지도 똑바로 기억해 두었다가 그 사람이 몇 년이 지난 후 갑자기 나타나게 되면 "○○ 씨, 안녕하세요? 오랜만이군요!"라고 말을 걸어 상대방을 놀라게 하곤 한다는 것이다.

신기라고도 할 수 있는 그녀의 재능은 유명해져서 매스컴을 통해 이미 미국 잡지에까지 소개된 바 있다.

사람은 누군가가 자기 이름을 부르면서 말을 걸어오게 되면 그것만큼 기분 좋은 일이 없다. 어떠한 아름다운 음악보다도 멋진 멜로디보다도 기분 좋게 느껴지는 것이다.

다음으로 중요한 것은 다른 사람의 이야기를 들어주는 것이다. 이야기의 허리를 꺾지 말 것! 세상의 유능한 경영자들은 하나같이 남이 하는 말에 유심히 귀를 기울인다. 유능한 세일즈맨은 상대방의 말을 잘 듣는다고 하지 않던가!

사람은 입이 하나, 귀가 둘이다. 말하는 것보다 듣는 일을 중요시하라는 신의 뜻이 아니겠는가. 일방적으로 짧은 자기 견해만을 자랑하게 되면 상대방은 거북해질 수밖에 없다.

상대의 말에 고개를 끄덕여 주고 몸을 내민 상태로 듣고 있노라면 상대는 틀림없이 당신에게 호감을 갖게 될 것이다.

누군가를 적으로 만드는 가장 손쉬운 방법을 아는가? 상대방 이야기의 허리를 꺾고 상대방이 하고 있는 말을 들은 척도 않으면 상대는 반드시 당신의 적이 되어 줄 것이다. 아무도 자기 말을 들어주지 않게 되었을 때 사람은 가장 쓸쓸해진다.

마음의 병을 가진 사람의 치료법으로서 가장 효과적인 것이 카운슬링이다. 그런데 카운슬링이란 그저 상대의 말을 잘 듣기만 하면 되는 것이다. 적당히 고개를 끄덕이면서 들어주면 환자의 마음속 주름이 펴지고 어느새 상태는 호전된다.

잘 듣는 사람은 말도 잘 한다. 잘 들어줌으로써 상대방의 자기 중요감을 높여 주고나면 그와의 관계는 자연스럽게 좋아진다.

그러다 보면 행운은 당신에게 저절로 굴러 들어간다. 왜냐하면 행운은 남이 주어야만 얻을 수 있는 것이니까.

55. 심플라이프

모두에게 심플라이프를 권하고 싶다. 심플라이프라는 것은 붙잡힐 것이 없는, 막힘이 없는, 걸릴 것이 없는 삶의 방법을 말한다.

'암(癌)' 이라는 글자를 풀이하면 물건의 산더미에 병이 드리워진 것이 된다. 다시 말하면 암이란 물욕이나 물질적 집착이 강한 사람이 걸리기 쉬운 병이라 할 수 있다. 과거를 뉘우칠 것도 없고 미래를 염려할 것도 없는 편안한 마음으로 살면 그만인 것이다.

남에게 은혜를 강제로 베풀지 말고 또 보상도 바라지 말아야 한다. 마음의 가장 편한 사용법, 그것은 남에게 아무것도 바라지 않는 것이다. 바라니까 이루어지지 않을 때 원망하고 미워하게 된다. 대자연을 친구 삼아 철없는 아이들과 어울려 일생을 보낸 료칸 스님의 생활에서 배울 바가 많다고 생각한다.

행운유수! 가는 구름처럼 흐르는 물처럼 아무 거리낌없는 자유로운 생활이야말로 요가적 삶의 방법이라 할 수 있다. 차분한 마음으로 모든 일을 단순하게 생각하도록 한다.

생명의 작용은 곧 삶의 작용이다. 본래 건강하지 못한 것이나 불운한 것은 존재하지 않는다. 스스로의 생명 작용에 절대적인 신뢰를 둘 때 본래의 생명력이 작용하기 시작하는 것이다.

'지식은 힘' 이라고 베이컨은 말했지만 지식을 힘이 되도록 하는 데는 지혜의 작용이 필요하다. 쓸데없는 것, 몰라도 되는 것은 구태여 알 필요가 없다.

인간은 두뇌가 발달한 탓인지 정말로 쓸데없는 것들만 생각하게 되는 경우가 많다. 병이 나서 조금쯤 그 병이 길어지거나 하면 마음이 약해져서 여러 가지로 알아보기 시작한다. 그리고 자기 병에 관해 프로급이 되어 버릴 때쯤에는 어쩔 수도 없게 되어 버리고 만다.

그때쯤이면 벌써 자기 병에 대해서는 의사보다도 잘 알고 있다. 실은 나도 그랬었으니까. 이 사람 저 사람 의사를 바꾸고, 여러 가지 정보를 모으고, 지식을 흡수하고……. 그러나 이런 일들을 되풀이하고 있는 동안에는 절대로 좋아지지 않는다. 자기 병에 관해서 알면 알수록 그것이 잠재 의식에 새겨지게 마련이다. 그리고 점점 악화되는 것이다.

"병자일수록 건강한 사람처럼 밝게 행동해야 한다."하고 말씀하

신 오키 선생의 참뜻을 알게 된 것은 얼마 지난 뒤의 일이었다.

지금 불운에 처해 있거나 건강이 나쁜 사람이 있다면, 항상 머리 속에서 생각하고 있는 그러한 이미지를 당장 버리도록 해야만 한다.

그런데 그러한 것들은 간단히 버릴 수 없는 것들이다. 그러니까 매우 어렵다고 생각할 것이다. 그러나 다행히도 인간은 한 번에 한 가지밖에 생각할 수 없게 되어 있다. 그것을 이용하면 된다. 항상 머리 속에 성공이나 건강, 희망, 용기 등의 플러스 이미지를 채우고 있으면 이윽고 잠재 의식 속의 마이너스적 상념들이 지워지고 없어져 간다.

그러기 위해서는 책을 읽고, 용기를 불어넣는 강연도 듣고, 자기 암시를 걸고, 명상을 하고, 운동을 하고, 그리고 자기 내부에 있는 무한한 생명의 힘을 끌어내야만 한다. 즉 생명의 힘은 삶의 매우 밝은 방향으로만 지향하게끔 되어 있다는 매우 중요한 사실에 눈을 떠야만 하는 것이다.

상처가 나거나 병이 들게 되면 우리 몸 속에 있는 자연치유 능력이 자동적으로 작용해서 말끔히 낫게 해준다. 의사가 주사나 약으로 낫게 해주는 것이 아니라 환자 자신의 몸 속에 자연 치유 능력이 있기 때문에 병이 낫는 것이다. 의사는 다만 자연치유 능력을 도와줄 뿐이다. 그러니까 환자의 생명력이 강하면 강할수록 치유가 빠르다. 자기 생명력에 대한 신념이 강하면 강할수록 빨리 회복되는 것이다.

그리고 그 회복 작용은 대부분 밤에 자고 있을 때 이루어진다. 잠들어 있을 때는 가장 긴장이 풀려 있을 때이며, 잠들어 있을 때야 말로 자연치유 능력이 가장 활발히 작용하는 때이다. 땀흘리는 운 동을 하고 난 뒤 편안한 휴식을 취하고 싶어지는 것도 바로 이 때문 이다.

안절부절못하고 걱정에만 빠져 있는 것은 몸과 마음 모두에 백 해무익하다. 동물이 상처를 입었다가도 빨리 회복되는 것은 걱정 따위를 하지 않기 때문이다. 동물은 '곪지 않을까?' '나쁜 세균이 침투하지 않았을까?' 하는 따위의 걱정은 일체 않는다.

인간만이 걱정을 한다. 개가 자기 팔자를 한탄하다가 목을 맸다 는 이야기는 들어본 적도 없다. 쓸데없는 일로 걱정하지 말자. 설령 병에 걸렸다거나 사업에 실패했다 하더라도 자기 생명의 힘을 믿기 만 한다면, 그리고 그 힘을 밖으로 쏟아내기만 한다면 상황은 놀라 울 정도로 좋아질 것이다. 오직 믿는 자만이 구원을 받는다. 이것이 신념의 기적이다.

글을 마치면서

여기까지 읽어 주신 독자들께 정말로 감사드린다. 나는 여러분에게 신념으로 발견하는 기쁨과 성공, 그리고 생명력을 리드미컬하게 만들어가는 비결을 되도록 구체적인 예로 실감 있게 전했다고 생각한다.

자기 자신에 관한 일을 정말로 잘 알고 있으며, 무엇을 하고 싶은지를 똑바로 이미지화한 다음 최선을 다해 실현해 나가고 있는 사람들이라면 아무런 거칠 것이 없다.

나의 이야기는 실의의 구렁텅이에 빠져 있는 사람, 살아갈 용기를 잃고 있는 사람에게 다소 도움이 되었을 것으로 생각한다.

여담처럼 나의 지난 시절을 이야기 해보겠다.

나는 두 번씩이나 죽을 운명에 빠졌다가 살아난 참으로 운이 좋은 사람이다. 그래서 지금 사는 인생은 보너스로 받은 여분의 인생이라고 생각하면서 살고 있다.

유년기에 죽을 뻔했다가 되살아난 것은 어머니의 기원이 하늘에 닿았기 때문일 것이다. 앉은뱅이 책상 위에서 굴러떨어져 실신까지 했는데, 전신의 경련이 멎질 않아 의사도 끝내는 포기했다.

"이 아이는 낫는다고 하더라도 뇌장애를 갖고 살아가지 않으면 안 될 겁니다."

어머니는 지푸라기라도 잡겠다는 심정으로 기도하였고, 나는 기적적으로 소생하였다.

그때 머리를 다친 덕분이지 몰라도 나는 국민학교와 중·고등학교를 수석으로 졸업할 수 있었고, 지방 국립대학에 쉽게 들어갈 수 있었다.

내가 초등학교 5학년 때 아버지가 돌아가셨고, 어머니는 남겨진 사내아이 셋을 길러내지 않으면 안 되었다. 어머니는 중국 사람인 탓에 말도 잘 안 통하는 이국 땅에서 누구 하나 돌봐줄 핏줄도 없는 가운데 우리들을 길러내느라 이루 말할 수 없는 고생을 겪어야만 했었다. 하지만 그런 어머니의 고생을 외면하고 나는 학창 시절을 마음껏 즐겼었다.

그 당시 공학부가 좋다는 세상 소문만 믿고 학부를 선택했기 때문에 내가 하고 싶은 것이 정말 이건가 하고 고민하기도 했었다. 그러나 그렇다고 해서 진로를 변경할 용기도 없었고, 하는 수 없이 마음이 내키지 않으면서도 면학을 계속했던 것이다. 그 무렵은 내 자신이 무엇이 될 것인지 전혀 알 수 없는 시기였다.

많은 철학 서적과 문학 서적을 읽은 것도 그 무렵이었다. 나는 젊음 때문에 타오르는 생명의 약동감은 있었지만, 왠지 뭔가가 채워지지 않는 듯한 마음에 스포츠와 합창, 그리고 친구들과의 대화에 온통 시간을 쏟고 있었다.

그런데 그 당시 일본 전국에 학생 운동의 회오리가 불어닥쳤고, 나는 공감 가는 데가 있어서 수업을 보이코트하기까지 했었다. 시의회 의원 선거에 출마했던 아버지로부터 물려받은 나서기 좋아하는 근성 때문에 나는 학생회의 의장까지 되기도 했었다.

그러나 가장 애착을 갖었던 것은 마음 맞는 네 사람이 만든 보컬그룹이었다. 시민합창단 단원이기도 하였던 우리 넷은 지방 TV 출연과 콘서트 등을 하면서 으쓱해 하기도 했었다.

그리고 같은 시민합창단에서 서로 알게 된 한 여성과 열렬한 사랑에 빠져들었었다. 마음먹으면 실행하고야 마는 외곬스런 성격 때문에 나는 그녀와 대학을 졸업하던 이듬해 봄에 결혼식을 올렸다.

무모하고 모험에만 빠져있던 시절이었다. 지금 생각하면 오른쪽 왼쪽도 분간 못하는 나 같은 사람을 잘도 따라와 주었다는 생각이 든다. 그래서 아내한테 진정으로 감사하고 있다.

그런데 내가 몸이 나빠진 것을 느끼기 시작한 것이 그 무렵부터였다.

내가 정말로 무엇이 되고 싶은지, 무엇을 하고 싶은지도 모르는 채, 당시 파죽지세로 신장되고 있다는 단 한가지 이유와 교토에서 살고 싶다는 감상적 기분에서, 교토에 본사가 있다는 OMRON 다치이시 전기를 직장으로 선택했다.

그때 나는 OMRON이 어떤 일을 하고 있고 어떤 회사인지 잘 알고 있었던 것도 아니다. 입사 후 배속된 곳은 가장 바쁘기로 소문난 동경 지점이었다. 연수 뒤 나는 자신을 돌아볼 겨를도 없는 바쁜 나날을 맞이했다.

한편, 이 시기부터 형수와 어머니 사이가 나빠졌고, 또 동생은 이미 어머니 곁을 떠나 있었다. 그리고 나는 함께 살고 있던 아내가 상경하는 바람에 갑자기 쓸쓸해져서 정신적으로 불안정한 상태였다. 장모님도 딸이 집을 떠나는 것을 염려한 나머지 정서불안 상태가 되어 있었다.

시골에서 한가롭게 자라온 나는 갑자기 안팎으로 바빠졌다. 때문에 스트레스를 받아 위장 상태가 극심하게 나빠졌다. 건강을 회복하기 위해 건강법이란 건강법은 닥치는대로 편력하게 되었다. 나름대로 건강을 되찾기 위해 온갖 노력을 했지만 몸은 여전히 나빠지기만 했다. 부작용이 두려웠지만 투약을 멈추진 못했다.

약 따위가 들을 게 뭐야 하면서 먹고 있었기 때문에 들을 까닭이 없었고, 퍼붓듯이 약을 먹었기에 기력은 떨어질대로 떨어진 상태였다. 먹으면 토하고, 살아 있는 송장처럼 회사와 집을 오가고 있을 뿐이었다. 기분이 항상 안 좋았으며, 자주 회사의 소파에 누워 동료의 목소리를 아스라이 들었던 일이 생각난다.

"이대로 가면 도대체 어떻게 될 것인가?"

실의 속에서 마지막으로 선택한 것이 바로 미시마에 있는 오키 요가 도장이었다.

1975년, 진눈깨비가 내리는 연말이 가까운 크리스마스였다고 생각된다. 세상은 크리스마스 축제에 들떠 있는데, 나는 갓 태어난 장남과 불안스런 얼굴을 한 아내의 배웅을 받으면서 비장한 심정으로 집을 나섰다.

내가 오키 요가 도장행을 결심한 것은 단식을 함으로써 몸을 깨끗이 하려고 생각했었기 때문이다. '단식은 기사 회생의 묘법'이란 달콤한 말에 이끌려 '바로 이거다!'하고 생각했기 때문이다. 삽화가 많이 그려진 『안녕 하세요, 나의 요가?』라는 책을 읽은 나는, 난방이 잘 된 방에서 느긋한 요가 포즈를 취하면서 단식을 즐긴다는 식의 안일한 이미지를 가지고 있었다. 그래서 '이거라면 괜찮을 거야' 라고 생각했던 것이다.

그런데 그게 아니었다. 지금으로부터 벌써 10여 년이나 지난 일이지만, 나는 입소한 날로부터 나오는 날까지 하루하루를 손꼽아 기다리던 일들을 똑똑히 머리 속에 기억하고 있다.

입소할 때 "스스로 머무는 기한을 정하고, 그 대신 단축은 절대로 안 된다. 갖고 있던 돈은 모두 맡기고 단축을 희망한다면 도망칠 수밖에 없을 것이다."라는 말을 들었는데, 그때 나는 대단히 놀랐었다. 그러나 여기까지 왔으면 이제는 하늘에 운을 맡길 수밖에 없다는 마음으로 수속을 마쳤었다.

'큰일날 곳에 오고 말았구나!' 하고 생각했으나 때는 이미 늦었던 것이다.

하필 그때는 수십 년만의 대한파가 몰아닥친 탓에 추운 날이 계속되고 있었는데, 난방 설비는 전혀 없었다. 넓은 도장과 옥외에서 하는 훈련 과정이 병든 나에게는 대단한 고통이었다.

날이 채 밝기도 전에 일어나서 독경, 점호, 청소, 그리고 8킬로미터의 마라톤, 냉수욕, 그리고 된장국 한 그릇의 아침 식사, 몸의 노폐물을 다 내놓는 정화법, 강의, 수정법, 그리고 오키 선생이 죽도를 갖고 하는 기백이 담긴 강화법, 유일한 즐거움인 점심 식사와 담배 한 대, 이어서 강의, 야외 훈련, 기본 자세, 무도, 강의, 호흡법…… 밤 열 시까지 스케줄이 꽉 차 있었던 것이다.

그리고 일과를 마치고 나면 그날의 강의에 대한 감상문을 한 강의당 원고 용지 다섯 장씩 기록해야만 했다. 강의가 많은 날은 다섯 과목이나 강의가 있었기 때문에 25매 이상의 작문을 해야만 했었다.

배수진이란 것이 이런 것일까? 보통의 생활을 하고 있는 사람이라면 하루 세 끼 식사를 모두 하고 있어도 이만큼의 트레이닝은 불가능할 것이다.

'단식은 기사 회생의 묘법'이란 것을 굳게 믿고 지푸라기라도 잡고 매달리고 싶은 심정이었기에 이런 수업을 인내하면서 단식까지 결행했던 것이다.

지금 생각하면 무모하다고밖에 말할 수가 없는 일이다.

혹시 독자 여러분 가운데 단식을 하겠다는 분이 계시다면 한 가지 어드바이스해 둘 것이 있다.

단식의 목적은 어디까지나 자기 자신의 몸에 배어 있는 나쁜 버릇(몸의 버릇, 먹는 버릇, 생각하는 버릇)을 깊게 명상·내관하면서 떨쳐버리려는 데 있다. 오키 요가에서는 이것을 '단사이 행법(斷捨離行法)'이라고 부른다. 그러므로 마음이 가장 안정되어 있는 상태에서 해야 하며, '병으로부터 도망치고 싶다!'라든가 '단식을 해도 괜찮을까?' 하는 등의 공포감이나 마음의 동요가 있을 때는 결코 하지 말아야 하는 것이다. 단식하다 목숨을 잃는 경우도 있는데, 이는 거의 공포감이 원인이 되는 경우가 많다.

단식은 단식을 즐긴다는 여유를 갖을 수 있을 때 실행해야 한
다.

나는 약 1개월 동안 도장에 머물면서 거의 안 마시고 안 먹고,
강렬한 자극과 추위 때문에 거의 잠을 못 잤던 것으로 기억하고 있
다.

도장에 있는 수강생들은 여러 가지 고민이나 병을 갖고 있었고,
그 중에는 의사가 포기해 버린 환자도 여럿 있었다. 오키 선생의
이야기는 시종일관 마음에 관한 것이었다. 이 병은 어떻게 해야 낫
는다거나 이렇게 하면 좋다는 말은 전혀 없었다. 그래서 나는 몹시
실망했었다.

그러나 지금은 단언할 수 있다. '마음이 몸을 지배할 수 있다'
라고, 또 '몸은 병들더라도 마음은 병들지 말아야 한다'라고 강력
히 말하고 싶다.

마음이 언제나 밝고 적극적이 아니라면 어떻게 병이 나을 수 있
겠는가!

위가 아프면 위장약, 머리가 아프면 두통약 하는 식의 표면의
현상만을 누르는 약물 요법으로는 결코 근본적인 해결이 되지 않
는다. 근본을 끊어 버리지 않고서는 진정한 해결이 없는 것이다.
내가 그것을 깨달은 것은 도장에서 나온 지 얼마 지난 뒤의 일이었
다.

추위와 고통 때문에 집에 돌아갈 수 있는 날을 손꼽아 기다리면서 드디어 귀가를 내일로 앞둔 날, 나는 오키 선생의 방으로 불려갔다.

"내일 여기서 나가게 되었는데, 뭔가 질문할 것은 없나?"

"단식을 끝내고 복식 단계에 들어가 있습니다만, 앞으로 무엇을 먹으면 좋을까요?"

그러자 오키 선생은 갑자기 낯빛이 변했다.

"너는 아직도 먹는 일만을 생각하고 있구나! 더러운 놈이로다! 너 같은 놈은 어서 죽어 버려야 해!"

그토록 식욕을 잃고 있던 내가 단식을 끝내고 복식을 시작했을 때 굉장한 식욕이 솟아올랐던 일이 생각난다.

제일 심했던 것은 미시마의 도장에서 돌아온 뒤였다. 누를 길 없는 식욕 때문에 아내의 눈치를 보아 가면서 냉장고의 음식을 계속 훔쳐먹었었다.

단식을 하는 동안 꼭 한 번 실수한 적이 있다.

같이 단식을 하던 동료가 참을 길 없는 식욕을 채우기 위해 한밤중에 살짝 빠져나가더니 어디선가 먹을 것을 구해 왔다. 그래서 나도 한 조각의 빵을 얻어먹었던 것이다. 그 대가로 그날 밤은 배가 아파 데굴데굴 구르며 고생했던 기억은 지금도 생생하다. 단식에 실패하는 것은 대개 이처럼 참을 수 없는 식욕에

져서 한꺼번에 많은 것을 먹기 때문이다.

단식을 할 때는 보통식에서 차츰 식물식(植物食)으로 바꾸고, 그리고 양을 적게 해서 단식에 들어간다. 그리고 단식이 끝나면 아기처럼 유동식부터 시작해서 서서히 보통식으로 되돌아온다. 그리고 복식할 때는 주의가 필요한 것이다.

여러분도 해 보시면 아실 걸로 생각되지만, 단식을 하고 있을 때는 아무렇지 않은데 그 뒤에 조금이라도 식사를 하게 되면 식욕이 맹렬하게 솟아난다. 그때 갑자기 많이 먹거나 하면 돌이킬 수 없는 일을 당하고 마는 것이다.

인간의 기본적 욕구인 '식욕 · 성욕 · 수면욕'은 굉장한 파워를 갖는다. 나는 그 에너지가 엄청난 것임을 몸으로 알게 되었다.

또 나는 도장의 딱딱한 생활에서 오는 스트레스와 추위에서 오는 쇼크 때문에 신경쇠약과 동상에 걸렸었다. 인간이 너무나 강한 쇼크에 오래 노출되면 정신이 파괴되어 정신이상이 된다고 한다. 그런데 나는 바로 그 직전까지 체험했던 것이다.

포로수용소에서 신경이 약한 사람은 노이로제에 걸리게 되며, 경우에 따라서는 미쳐 버리고 만다는 이야기에 충분히 공감이 간다. 자기 스스로 자기 마음을 컨트롤할 수 없을 때, 그 공포감은 정말로 무서운 것이다.

그때의 두려움은 실로 상상을 뛰어넘는 것이다. 누워 있어도 잠이 오지 않을뿐더러 머리 뒤쪽에서 빛이 번쩍번쩍 했었다. 아내와 어린애 앞에서 소리 내어 엉엉 운 적도 있었다. 그리고 차라리 자살하는 편이 낫겠다고 생각한 적도 있었다. 그러나 나는 어두운 하루하루를 보내면서도 그것들을 생활 속에 받아들여서 서서히 회복해 나갔던 것이다.

그 무렵 함께 단식을 했던 친구가 같이 요가 지도를 해보지 않겠느냐고 제의해 왔다. 나는 그자리에서 동의했다. 그밖의 다른 모임이나 강연에도 활발히 참석했다. 마음이 남에게로 열리기 시작했던 것이다.

남들을 가르치게 되자 언제나 내 자신의 병에 집착해 있던 자기 의식이 남에게 돌려지게 돼 좋은 결과를 앞당겨 가져왔다고 생각한다. 어리광스러운 사람이 병에 걸린다. 자기 내부에 있는 어리광이 병을 오래 가게 만들고 회복을 늦추는 것이다.

항상 환자는 자신의 병만을 생각한다. 나도 예외는 아니었다. 그런데 강연과 카운슬러 역할을 하면서 의식이 외부로, 남에게로 돌려지자 병에 집착했던 마음이 밖으로 활짝 열린 것이다.

마음이 몸을 지배한다. 좀더 정확하게 말하자면 마음도 몸도 도구이며, 영혼이 마음과 몸을 지배한다. 그리고 평소 굳게 다져 나가는 신념이 영혼을 건강하게 만들어 준다.

지금 나는 병이 나에게 가져다준 인연에 대해 마음 깊이 감사하고 있다. 만약 내가 병에 걸리지 않았더라면 지금처럼 성공하지도, 진리에 눈뜨지도 못했을 것이다.

생의 역경이 진실한 사람을 만든다. 그렇다고 병을 일부러 만들어 앓을 필요는 없겠지만……. 큰 병을 직접 앓지 않더라도 이 책에 씌어진 체험을 읽고 간단한 방법들을 실천하는 것만으로도 건강과 행복을 찾을 수 있을 것이다.

끝으로 이 책을 읽고 단 한 사람이라고 인생을 역전시키는 데 도움이 될 수 있었다면 더 이상 바랄 것 없이 감사하다는 말씀을 드리면서 펜을 놓고자 한다.

성공적인 인생을 설계하기 위한 55가지 조언

성공을 부르는 신념의 기적

지은이 · 미야마 사토시

옮긴이 · 최병련

펴낸이 · 배기순

펴낸곳 · 하남출판사

초판 1쇄 발행 · 2000년 12월 15일

등록번호 · 제10-221호

서울시 종로구 관훈동 198-16 남도BD 302호

전화 · (02)720-3211 · 팩스 (02)720-0312

홈페이지 · http://www.hnp.co.kr

E-mail · hanam@hnp.co.kr

하남출판사, 2000 Printed in Seoul, Korea

ISBN 89-7534-304-9

※ 잘못된 책은 교환하여 드립니다.